© Ulrike Ising

Autor: Ulrike Ising / "Uriel"

Technische Umsetzung: pritti wummen

1. Auflage 2020

Verlag & Druck: tredition GmbH, Halenreihe 40-44, 22359 Hamburg

Bibliographische Informationen der Deutschen Nationalbibliothek:
Die Deutsche Nationalbibliothek verzeichnet diese Publikation in der
Deutschen Nationalbibliografie; detaillierte bibliografische Daten
sind im Internet über http://dnb.d-nb.de abrufbar.

ISBN Paperback: 978-3-7497-4159-5

ISBN Hardcover: 978-3-7497-4160-1

ISBN e-Book: 978-3-7497-4161-8

Idee, Text & Buchillustrationen

Ulrike Ising / "Uriel"

www.zauberquell.de

Zeichnung Jonni:

Annegret Tödtmann

Layout & Satz:

pritti wummen

Von Herzen sage ich Dankeschön

meinem Seelengefährten
Normann Verwohl.
Es gibt verschlungene und doch richtige Wege.

Udo Thomale für hervorragende Lektorenarbeit sowie unermüdliches Abtippen. Danke, Papa Udo!

Garnet Steinecke von pritti wummen für die liebevolle Beratung und technische Umsetzung.

Dr. Klaus Arndt für abschließende Korrekturen.

Und an dieser Stelle ein allgemeiner liebevoller Gedanke an meine Familie und Freunde.
Die wundervollen Vierbeiner nicht zu vergessen.

GEWIDMET

dem Zauber des Regenbogens und
seiner VERHEIßUNG der Hoffnung
für alle großen und kleinen Seelen.

Besonders denen, die viel zu früh die
Schatten des Lebens erfahren haben.

Vorwort

Maria hat belastende Probleme in ihrer Familie und auch ihr bester Freund Ramon hat großen Kummer.

ABER ES GIBT HOFFNUNG!

Jonni und seine Sternenfreunde begleiten und unterrichten sie bei einer großen inneren Reise.

Mit kosmischem Wissen und viel Humor helfen sie ihr, einen neuen Blick auf ihre Herausforderungen zu entwickeln und mutig diesen zu begegnen.

Stück für Stück erklären sich im Laufe der Geschichte die Schwierigkeiten aller Beteiligten und es entstehen Lösungswege, womit sich letztendlich alles zum Besten wendet.

1. Sternenreise

 Jonni aus dem Kosmos berichtet...

Hui, da bin ich wieder; ich heiße Jonni, der kleine Tod, und stamme aus der 13. Dynastie des großen Todes. Einige von euch kennen mich schon, aber trotzdem eine kleine Vorstellung meinerseits.

Meine Familie und ich arbeiten für die Menschenwelt. Wir helfen ihnen, das Leben besser zu verstehen und schenken Trost in Zeiten, die nicht so einfach sind.
Auch meine Freunde helfen dabei und unterstützen mich.

Da ist Loki, der Adler und Nachrichtenüberbringer. Des weiteren Lisa, die süße Fischdame vom Planeten „Allem und Nichts", sowie Robert und Schlingel. Robert ist ein Skorpion, der in meiner Tasche lebt und Schlingel, mein lebendes Armband, ist eine kleine Schlange, die jeder aus unserem Clan zur Hilfe rufen kann, wenn Veränderungen bei den Menschen anstehen.
Im Moment haben wir frei und wir freuen uns auf eine Ausfahrt mit „Raser", meinem Moped. Damit werden wir schneller als das Licht durch den Kosmos düsen; Hossa, bis die Sterne wackeln....! Mein Zuhause ist der Planet Saturn, und ich sitze in meinem Zimmer und arbeite eine schöne Route für die Ausfahrt aus. Meine Mama, Mutter Tod, hat uns ein dickes Picknickkörbchen gepackt; da sind wir gut versorgt. Wahrscheinlich machen wir einen kurzen Stop bei Merkur; der will uns unbedingt seine neuen Flügelschuhe zeigen. Respekt!!! Er meint, damit ist er schneller unterwegs als ich mit Raser. Auf jeden Fall besuchen wir Lisas Planeten Neptun. Der Boss Gott Neptun ist wahrscheinlich, wie die meiste Zeit – Zeit spielt hier allerdings keine Rolle – mit seiner Seepferdchenkutsche auf dem Meer von „Allem und Nichts" unterwegs. Dabei süppelt er gern sein Lieblingsgetränk „Äthergoldwasser" (hochprozentig) aus großen Muschelhörnern und haut dabei mit seinem Dreizack ins Wasser, dass es nur so knallt. Ein atemberaubendes Schauspiel... er braucht das zum Entspannen, so meint er immer, denn er ist eine große Energie im Universum, mit umfassenden Aufgaben.

Von Jesus habt ihr doch bestimmt schon gehört; er war sehr lange in der Schule von Neptun. Deshalb war er auch so fit aus Wasser Wein zu machen... huch, ich bin frech... nein im Ernst. Jesus ist ein großer Meister, er, ebenso wie viele andere, sind mit der Hilfe von Neptun den Weg zum ewigen Leben gegangen. Das ewige Leben ist schwer zu erklären, denn es ist frei von Vorstellung. Aber erinnere dich doch an einen Moment als du dich richtig glücklich gefühlt hast. Dann verstehst du ein bisschen, wovon ich rede. Ich hoffe, dass ich Jasmin treffe, meinen Lieblingsengel. Sie und viele andere Engel arbeiten im und am Meer von Neptun und pflegen und sortieren die Perlen des Meeres. In diesen Perlen sind die Erinnerungen aller Lebewesen des Universums. Ein traumschöner Anblick: unzählige, wunderschön schimmernde Perlen. Ab und zu brauche ich Perlen, um den Menschen zu helfen, und wir werden für unseren neuen Auftrag ein paar in Lisas Fischglas packen. Dieser Auftrag ist sehr spannend und wird bald beginnen. Maria, ein 12-jähriges Mädchen, die mit ihren Eltern in einer kleinen Stadt am Rhein lebt, bekommt die große Sternenreise geschenkt.

Sozusagen eine lebendige, astrologische Grunderklärung. Maria ist im Moment sehr einsam und traurig. Warum das so ist und wie sich alles durch unsere Sternenreise entwickelt, erfahrt ihr in dieser Geschichte. Ich hab' mir schon überlegt, wie ich das mache. Meine Freunde und ich werden Maria im Laufe eines Jahres in der Nacht, während sie schläft, abholen und mit ihr zu den Planeten reisen. Bei diesem Abenteuer wird sie viel erfahren und lernen.

Nöt – Nööt – das ist Rasers Hupe; meine Freunde machen Radau. Wir wollen erst einmal die freie Zeit genießen. Ich sage vorerst Adieu und bei Maria, die ihr nun kennenlernt, sehen wir uns dann wieder.

Maria! *Nach der Trainingsstunde würde ich gern mit dir sprechen. Bitte komm, nachdem du dich umgezogen hast, in den Gemeinschaftsraum.*« Tom, ihr Trainer, hatte dieses ganz leise zu ihr gesagt, so dass die anderen es gar nicht bemerkten. Uff.......Maria schluckte und sie spürte, wie ihre Knie ganz weich wurden. Aber schon kam der schrille Pfiff aus Toms Pfeife und die Stunde war beendet. Die anderen elf Kinder vom „Schnellen Pfeil", so nannte sich die Jugendrudergruppe vom Bootsclub, stürzten erhitzt und laut plappernd in die Umziehkabine. Maria lief bedrückt und traurig hinterher. Gerade heute war Ramon, ihr bester Freund, nicht da.
Sie fühlte sich so schwach, und das bevorstehende Gespräch bedrückte sie. Es wäre so schön, wenn er vor dem Bootsclub auf sie warten würde. »*Herein!*« Aufmunternd nickte ihr Tom zu, als Maria vorsichtig die Tür zum Gemeinschaftsraum öffnete und er sie fragte: »*Ich mach mir gerade eine heiße Schokolade; möchtest du auch eine?*« Eigentlich hatte Maria vor, so schnell als möglich den Bootsclub zu verlassen,

aber die Vorstellung von einer kräftigen, heißen Schokolade munterte sie auf. Sie hatte so lange unter der Dusche gestanden, bis die anderen die Kabine verlassen hatten und sie allein war.

Sie fühlte sich leer und kraftlos. Sie wusste, was jetzt im Gespräch auf sie zukommen würde; sie hatte sich innerlich schon ergeben. Außerdem vertraute sie Tom. Sie mochte ihn sehr gern. Mit nassen Haaren und hängenden Schultern saß sie am Tisch und wartete. Tom fluchte leise. Ihm war die Milch übergekocht. Maria beobachtete währenddessen die Regentropfen, die wie kleine Raketen an der Fensterscheibe explodierten. Es war Ende März. Es war kalt und es regnete seit Tagen.

Gedankenverloren versuchte sie aus dem scheinbar zufälligen Lauf der Tropfen Formen und Bilder zu erkennen. Toms ruhige Stimme unterbrach sie. *»Sollen wir deine Eltern anrufen, um ihnen zu sagen, dass du später heimkommst?«* Während er sie das fragte, nahm Maria einen großen Schluck aus der Tasse, die ihr Tom mit einem fast zärtlichen Blick in die Hand gedrückt hatte. Warm und belebend rann die Schokolade ihren Hals hinunter und sie fühlte sich gleich besser.

Mit einem Achselzucken antwortete sie. *»Zu Hause ist im Moment sowieso niemand.«* Sie wusste, dass sie log; ihre Mutter lag mit Sicherheit in ihrem Bett und schlief. Aber sie hatte ihr Telefon sowieso abgestellt. Und ihr Vater war um diese Zeit noch im Krankenhaus. Er war Chirurg, und Maria hatte das Gefühl, dass er noch viel mehr arbeitete als früher. Nein, sie log zwar, aber niemand würde sie so schnell vermissen. Außer das beruhigende Ticken der schönen, alten Standuhr und das liebevoll zubereitete Abendbrot von Frau Henke, die im Haushalt half, aber schon lange Feierabend gemacht hatte, würde sie Zuhause nichts empfangen. Nur „Kater Klaus", ihr geliebtes Katerchen, der meistens faul in der Küche auf dem Stuhl neben dem Ofen döste, würde nachher schnurrend um ihre Beine gehen.

POK POK.... POK POK POK......

Maria schreckte verschlafen hoch. War da was? Und wieder ein ganz zartes POK POK. Es kam von ihrem Fenster. Husch aus dem Bett und mit leichten Schritten zu dem Gaubenfenster ihres Zimmers. Tatsächlich – vor ihrem Fenster war ein zartes Licht und ein wunderschöner großer Vogel saß auf dem Fensterbrett und schaute sie verschwörerisch an. War das ein Adler? Maria stellte erstaunt fest, dass sie gar keine Angst hatte und nur voller Spannung auf dieses rätselhafte Geschehen schaute. Doch plötzlich war alles vorbei. Maria schaute in die Dunkelheit und hörte nur noch das leise Prasseln der Regentropfen, die ans Fenster schlugen.

Achselzuckend wand sie sich ab und schlüpfte wieder in das kuschelige Bett. Im Haus war es ganz still. Nur das stete Ticken der schönen alten Standuhr, die in der Diele des Hauses stand, war zu hören. Wohlig legte sich die Bettwärme um ihren zarten Körper. Sie spürte, dass ihre Augen noch ganz verklebt waren; vom vielen Weinen. Automatisch kam ihr das Gespräch vom Nachmittag mit Tom wieder in den Sinn.

Tom hatte sie gefragt, was mit ihr los sei; wo ihr Mut und ihre Begeisterung, die er so an ihr mochte, geblieben seien. Bei seinen Worten wurde Maria immer stiller. Aber plötzlich löste sich ihre Anspannung. Wie ein Wasserfall kamen all die Angst, Enttäuschung und Traurigkeit aus ihr heraus. Sie erzählte Tom von ihren Eltern, mit denen sie so glücklich gewesen war. Von ihrer Mutter, die all ihre Fröhlichkeit und Leichtigkeit verloren hatte und die entweder in ihrem Geschäft in der Stadt war oder auch schon tagsüber im Bett lag. Maria sagte, dass ihre Mutter krank sei. Sie litt unter Depressionen, aber dass sie eigentlich gar nicht wusste, was das sei. Ihr Vater sei auch kaum noch zu Hause, und wenn, so spät, dass sie schon im Bett lag. Dann hörte sie, wie die Eltern laut stritten und sie ahnte, dass sie viel Alkohol tranken. Sie hörte, dass es meist um Geld ging und um Dinge, die eigentlich unwichtig waren. Sie fand das so schrecklich! Um sie kümmerte sich eigentlich niemand mehr richtig. Meist zog sie sich die Bettdecke über den Kopf und weinte sich in den Schlaf. Maria erzählte von ihrer Angst, dass ihre Welt zerbrechen würde; über ihre Wut auf die Eltern, aber auch über ihre Hoffnungslosigkeit, die sie lähmte und ihr jede Freude nahm. Tom hatte sie bei ihrem Ausbruch ganz ruhig in den Arm genommen und ließ sie einfach reden. Als er merkte, dass sie sich langsam beruhigte, schaute er sie aufmunternd an. Er sagte ihr, dass auch die Erwachsenen nicht immer stark seien und dass es wichtig sei, dass sie mit ihren Eltern redet. Dass es aber auch Dinge im Leben gebe, die schmerzhaft sind und Zeit brauchten. Und dass es umso wichtiger sei, dass sie jetzt nicht aufgebe, sondern ihre Kraft in Bereiche bringe, die ihr gut täten.

Als er das sagte, nahm er ihr Kinn in die Hand und schaute sie ganz fest an. *»Maria, du bist eine Kämpferin und unglaublich gut. Du schaffst das.«* Er fragte sie noch, ob sie es richtig fände, wenn er mal mit den Eltern redete. Aber das wollte Maria auf keinen Fall. Sie wusste, das würde im Moment nicht gut sein.

Mit einem tiefen Seufzer schüttelte Maria all die schweren Gedanken ab und spürte nur noch die beruhigende Wärme von Kater Klaus, der sich im Bett an ihren Beinen schnurrend zusammengerollt hatte. Schon halb wieder in den Schlaf gesunken, hörte sie, wie die alte Uhr Mitternacht schlug und sie spürte noch, wie ein kleiner Ruck durch sie hindurch ging, bevor sie wieder einschlief und in einen Traum fiel. Sie träumte.....

Sie stand in der Diele genau vor dieser alten Uhr, aber alles war in so ein merkwürdiges Licht getaucht. Der Adler, der eben noch an ihrem Fenster saß, guckte schelmisch von der großen Uhr auf sie herunter. Neben ihr stand mit einmal ein Junge, aber huch, wie sah der denn aus? Er war nur ein Gerippe mit einem roten Stirnband um den kahlen Schädel und er trug einen altmodischen schwarzen Anzug. Seine knallroten Schuhe fielen Maria besonders auf. Maria schauderte selbst im Traum. Aber dann hörte sie seine Stimme und schaute in seine Augen, die so liebevoll waren, dass all ihre Angst verflog. *»Ich bin Jonni«*, sagte er keck, während er ihre Hand nahm und eh sie sich versah, wusch, flog sie mit ihm direkt durch das Zifferblatt der Uhr. Rums! Unsanft landete Maria auf einer wunderschönen Wiese. Der Schreck der Landung verflog, als sie die sonderbaren Blumen und wunderschönen Schmetterlinge um sich herum sah. Alles war in ein Licht getaucht, als wenn man in einem Regenbogen stände. Ein leises Fluchen von Jonni, ihrem Reisebegleiter, machte sie wieder auf ihn aufmerksam. Maria musste lachen, als sie sah, wie Jonni auf allen Vieren mit einem großen runden Glas in der Hand rumkroch. Er brabbelte immer wieder: »*Lisa! Lisa! Zeig dich jetzt endlich*« und er schaute dabei wild um sich. »*Psss, Psss*«, machte es ganz in der Nähe von Maria, und zu ihrem Erstaunen sah sie eine kleine Fischdame, die sich genüsslich in einem dicken Tautropfen einer großen zauberhaften Blüte aalte.

»*Hi! Hi! Er soll mich ruhig suchen*«, sagte sie leise zu Maria, und ihr goldenes Schwänzchen wippte kokett dabei hin und her. Als Jonni dann plötzlich neben ihnen stand und sie eine singende Schlange an seinem Arm sah, musste Maria erneut so lachen, dass ihr die Luft weg blieb. Beleidigt zischte die Schlange ihr zu. »*Ich bin Schlingel und ich erbitte mir mehr Respekt!.... vor meiner Kunst!*« Als dann noch ein kleiner Skorpion aus Jonnis Tasche lugte und spöttelnd zur Schlange sprach: »*Große Kunst! Große Kunst! Dass ich nicht lache! Die Ohren rollen sich bei deinem Geflöte zusammen.*«
Da verlor Maria völlig die Fassung und lachte, dass ihr die Tränen kamen. «*Schluss jetzt*«, kam ein energisches Eingreifen von Jonni, der den kleinen, goldenen Fisch aus der Blüte nahm und ihn in das seltsamerweise mit Wasser gefüllte Glas steckte. »*Was soll denn unser Gast nur von uns denken?!*« Mit diesen Worten stellte sich das Jonni-Gerippe in dem Anzug gerade hin, zupfte an seinem Stirnband und sprach: »*Also, ich bin Jonni, der kleine Tod, und das sind meine Freunde: Lisa, die Fischdame, Schlingel, die Schlange, Robert, der Skorpion und Loki, der Adler, mein Nachrichten-Überbringer. Herzlich willkommen auf unserer gemeinsamen Sternenreise.*« »*Sternenreise?*« hörte sich Maria selbst fragen, als auch schon um sie herum ein Kreis von 12 herrlich imposanten Säulen entstand. In jeder dieser Säule war ein Tor, das wundersam verziert war, und eines dieser Tore öffnete sich. Es war aus Eisen und mit Feuer bemalt. Aber nein! Was wie ein Bild erschien, waren wirkliche Flammen. Maria trat einen Schritt zurück und umklammerte die Hand ihres neuen Freundes. »*Alles gut!*« flüsterte er,» *hab' keine Angst*«, und beherzt gingen sie alle durch das Feuertor.

Alles war in ein helles Rot getaucht, und in der Ferne stand eine turmhohe Rakete. Laut zischend öffnete sich diese und ein schöner, stolz aussehender Mann kam mit kraftvollen Schritten auf sie zu. Sein Gewand war aus unzähligen schimmernden Eisenplättchen geschmiedet, die sich um seinen Körper wie eine zweite Haut schmiegten. Er selbst schien wie aus Flammen, aber sein Blick war klar und direkt, als er vor der Reisegruppe stehen blieb. Man spürte sofort: von diesem Wesen ging eine Kraft aus, die keiner Herausforderung aus dem Weg ging. Geschmeidig machte er eine leichte Verbeugung vor ihnen, während seine rechte Hand locker am Griff seines imposanten Schwertes lag, das an seiner

Hüfte hing.

»Willkommen im Tempel von Mars. Ich bin der Herrscher dieses Planeten und zu mir gehört das Sternenbild Widder. Mein Element ist das Feuer und es zeigt sich in der Willensbildung, im Antrieb und der Durchsetzung.« Während er so sprach, züngelten unzählige Flammen aus seinem Körper. Puh... unglaublich! Auch Jonni verbeugte sich und antwortete: *»Vielen Dank, Mars. Der Besuch in deinem Tempel ist der Beginn unserer Sternenreise. Maria, unser Gast von der Erde, ist voller Spannung, was du uns lehren kannst. Wir bitten dich: erzähl uns von Dir und deiner Wirkkraft im Leben.«* Mars lachte schallend, sodass sein eisernes Schwert klirrte. *»Na, dann setzt euch zu mir an mein Feuer.«* Einladend zeigte er auf einen runden Platz, in dessen Mitte ein wärmendes Feuer loderte. Rundherum waren behagliche Plätze mit Schaffellen ausgelegt.

Robert, der Skorpion, sprang bei diesen Worten schnell aus der Tasche von Jonni, legte sich direkt ans Feuer und rieb behaglich sein Schwänzchen... man merkte, er fand die Wärme schön. Auch die anderen machten es sich gemütlich. Sie staunten nicht schlecht, als Mars sich nach einer Weile mitten in das Feuer stellte und die Flammen begannen, viele verschiedene Bilder zu zeigen. Maria hielt den Atem an, denn es kamen erschreckende Bilder von Krieg, Kampf und Zerstörung. Dann erschienen persönliche Bilder aus Marias Leben. Sie sah ihre Eltern in einem heftigen Streit sich böse anschauen. Und sie sah sich selbst, wie sie voller Wut ihre Mutter anschrie oder mit Jähzorn gegen ihre Schultasche trat und wiederholt Dinge zerstörte, die sie eigentlich liebte. Oh schrecklich.... Mars schaute ihr in dem Moment direkt in die Augen und sagte: *»Ja, auch das kann eine Seite von mir sein, aber man kann meine Energie auch anders nutzen.«* Sofort zeigten sich Bilder wie in einem Film, wo Maria sich auf dem Fluss im Ruderboot sah: erhitzt, angestrengt und entschlossen kämpfte sie Seite an Seite mit ihren Ruderfreunden um den Sieg in einem Wettkampf. Es folgten noch viele Bilder, und Maria begriff, dass das Element von Mars auch in ihr war und dass diese Energie zerstörerisch und verletzend sein konnte; aber auch kraftvoll und neu erschaffend wirkt, wenn man lernt, damit umzugehen. Noch ganz in dieser Erkenntnis gefangen wurde es ganz dunkel um sie herum......

Jonni aus dem Kosmos berichtet…

So, Maria würde morgen aufwachen und unser Besuch, der ihr wie ein Traum erscheint, wird ihr helfen, die Marsenergie in ihrem Leben zu erkennen und besser damit umzugehen. Ganz im Gegenteil zu Robert, der mir mit seinem gequälten Gesichtsausdruck etwas auf die Nerven geht. Bei unserem Marsbesuch ist er so dicht am Feuer eingeschlafen, und obwohl Skorpione extreme Hitze vertragen, sieht er aus wie ein servierfertiger Hummer. Augenrollend wechselte ich die kühlenden Tücher, die ich um seinen Panzer gelegt hatte. Dankbar nahm Robert Lisas tröstende Worte entgegen. Die kleine Fischdame war die Einzige mit Verständnis für unseren Zwacker. Gern machte er sich sonst lustig über Lisa und nun erteilte sie ihm eine Lektion und er genoss in seiner misslichen Lage sehr ihre Güte und Zuwendung. Nur Schlingel, meine kleine Schlange, revanchierte sich für Roberts Grobheiten. Aus Paradiesvogelfedern – keine Ahnung, wo sie die hergezaubert hat – hatte sie eine Boa gebastelt. Ein toller Anblick! Wie ein Operettenstar tänzelte sie mit gebührendem Abstand von seinem rotglühenden Schwänzchen um ihn herum und säuselte mit tiefer Stimme: »Oh, je! Oh, weh! Wenn das Feuer zu nah! Oh, je! Oh, weh! Das tut weh! «

»Mannomann!« dachte ich mir, »hat man gute Freunde, braucht man keine Feinde mehr!«

Maria wurde vom Klingeln des Weckers wach. Erleichtert stellte sie fest, dass die Schwere des vergangenen Tages sich aufgelöst hatte. Leicht benommen streckte sie sich und dann musste sie an ihren Traum denken. In Gedanken nahm sie sich die Kleidung für den Tag aus dem Schrank und ging zum Badezimmer. Vom unteren Flur kamen Staubsaugergeräusche. Ach, Frau Henke wartete bestimmt schon mit den Frühstück auf sie. »Hallo, hallo!«, Maria lugte über das Treppengeländer nach unten, und schon tauchte das liebe, rosige Gesicht der alten Dame auf. »Ich bin gleich da, Frau Henke... ja!«

»Dein Frühstück ist auch schon fertig, aber Kind, sag' doch endlich Tante Irmchen zu mir« kam es munter von ihr zurück. Maria freute sich, denn sie wusste, dass sie sonst allein am Tisch sitzen würde. Ja, Tante Irmchen tat ihr immer gut! Sie wohnte am Ende der Straße in einem kleinen Fachwerkhaus mit einem tollen Rosengarten, der ihr ganzer Stolz war.

Maria schlüpfte schnell ins Badezimmer. Beim Zähneputzen dachte sie wieder an ihren Traum. Spontan entschloss sich Maria einiges zu ändern. Auf jeden Fall würde sie versuchen, mit den Eltern zu reden und ihnen sagen, wie traurig sie das alles finde. Sie würde sich nicht mehr still auf ihr Zimmer zurückziehen und sich in den Schlaf weinen.

Und sie würde auf Tom, ihren Trainer, hören und sich für den Ruderwettbewerb, der im Spätherbst stattfinden sollte, anmelden und tüchtig trainieren. Die meisten ihrer Ruderfreunde standen schon lange auf der Liste – nur ihr hatte der Mut gefehlt. Sie fühlte sich die ganze Zeit so schwach, und sie hatte Angst zu versagen. Glücklich über ihren Entschluss, dachte sie noch einmal an die Worte von Planetengott Mars, bevor sie aus dem Traum erwachte. »Es ist schön zu siegen – aber es nicht das Wichtigste! Wichtig ist, was immer du tun kannst oder davon träumst, es tun zu können. **Fang damit an!**«

Aber die Ereignisse überschlugen sich: bevor Maria ihren Entschluss, mit den Eltern zu reden, verwirklichen konnte, kam es zu einem großen Knall. Maria hatte beim Abendbrot mit ihrer Mutter reden wollen. Der Vater war nicht da. Ihre Mutter hatte den ganzen Tag im Geschäft verbracht. Früher hatte sie dann immer spannende und lustige Geschichten zu erzählen. Aber an diesem Abend war sie fahrig und nervös. Maria merkte, wie sich ihr Hals langsam zuschnürte und sie gar nicht essen mochte, obwohl die Mutter den Tisch ganz liebevoll gedeckt hatte. Maria schaute in das angestrengte und traurige Gesicht ihrer Mutter. Sie sah diesen leeren Blick, den sie nun schon so gut kannte und der nicht nur von den Medikamenten kam, die die Mutter nahm. Sie sah auch, dass die Mutter wieder geweint hatte und Marias Mut, etwas ändern zu können, sank dahin. Während sich die Mutter ein Glas Wein einschenkte – Maria wusste, dass noch viele folgen würden – fragte ihre Mutter sie nach der Schule und dem Tagesablauf. Betont lustig, um die Mama nicht noch mehr zu betrüben, antwortete Maria nur kurz und sagte dann, dass sie sehr müde sei und gleich ins Bett gehen würde. Maria drückte die Tränen weg, als die Mutter sie liebevoll, aber anscheinend auch erleichtert darüber, dass sie gehen wollte, in den Arm nahm und ihr einen Kuss gab.
Einige Stunden später – Maria war schon fast eingeschlafen – hörte sie das schon vertraute laute Streiten ihrer Eltern. Es war so schlimm wie nie......... mit bangen Herzen hörte sie die schlimmen Worte, die sich die Eltern gegenseitig an den Kopf warfen....... hörte, wie Gegenstände kaputt gingen, oh je!......... Dann

war alles still. Sie vernahm noch das vertraute Klappen der Autotür vom Auto ihres Vaters und wie er rasend schnell vom Hof fuhr. Langsam schlich Maria in die untere Etage und schaute durch den geöffneten Türspalt ins Wohnzimmer. Ihre Mutter stand mit leerem Blick am Fenster und schaute dem weggefahrenen Auto hinterher. Zerbrochene Dinge lagen wild zerstreut im Raum und die Atmosphäre war erfüllt von Hoffnungslosigkeit.

Maria schlich unbemerkt, genauso leise, wie sie gekommen war, wieder zurück in ihr Bett und hatte, bevor sie in einen unruhigen Schlaf fiel, nur noch ein Gefühl der Angst in sich. Der nächste Tag war schwer und traurig. Es war Samstag und Maria hatte keine Schule. Als sie nach unten ging, saßen die Eltern blass und niedergeschlagen am Tisch und tranken Kaffee. Alles war sauber und aufgeräumt – das hatte die Mutter wohl noch in der Nacht gemacht. Morgens im Bad hatte sie das wiederkehrende Auto ihres Vaters gehört. Was würde wohl passieren? Es brauchte Mut, um überhaupt in die Küche zu gehen. Einen kleinen Moment sah Maria vor ihrem inneren Auge das vertraute Bild ihrer Eltern aus früheren Zeiten – wie sie sich zärtlich küssten und neckten, aber heute war es anders. Nun schaute ihr Vater sie nur mit unsicherem, traurigen Blick an. Ja, niemand weiß so richtig, wie es passiert, aber dann ist alles anders. Die Mama weinte und entschuldigte sich immer wieder – die Bombe war geplatzt. Mit gesenktem Blick griff ihr Vater nach Marias Hand. Er sagte leise:»„ *Es tut mir so furchtbar leid. Aber ich kann nicht mehr. Ich werde ausziehen. Hab' bitte keine Angst. Was auch immer geschehen mag, ich werde trotz allem immer für dich da sein.«* Fassungslos hörte Maria sich alles an. Stumm ging sie dann zu ihren Eltern, drückte beiden einen Kuss auf ihre Wangen und verließ wortlos das Haus.

Ohne zu überlegen schlug sie den kleinen Pfad hinter dem Haus ein, der hinunter zum Rhein führte. Sie spürte nichts, außer einem Grauen. Sie wünschte sich weinen zu können, aber in ihrem Hals war nur ein dicker Kloß zu spüren. Dankbar sah sie schon von weitem, dass Ramon auf ihrer Bank am Fluss bei dem großen Anker saß. Still setzte sie sich zu ihrem besten Freund. Ramon schaute sie lange an. Dann sagte er: »*Also, es ist passiert?*« Endlich rannen die Tränen bei Maria, während sie beide dicht zusammen saßen und wortlos die vorbeiziehenden Schiffe beobachteten.
Ramon brachte sie irgendwann wieder nach Hause. Während sie neben ihm herging, vergaß sie ihren Kummer und sie dachte über ihren Freund nach. Seine Mutter war tot und er war mit seinem Vater in die Nachbarschaft gezogen. Er war groß und schlank, und Maria mochte besonders seine braunen Augen, die immer etwas traurig blickten und in denen kleine Goldpünktchen waren. Er war vor zwei Jahren in ihre Klasse gekommen, weil er sitzengeblieben war. Die meisten mochten ihn nicht, weil er irgendwie

unberechenbar war. Es wurde häufig über seine Schnitte und Verletzungen getuschelt, die er am Arm hatte und die er schamhaft verdeckte. Jedoch Maria mochte ihn vom ersten Augenblick an. Und er war wie ein liebevoller Bruder zu ihr. Dankbar erlebte sie, dass durch ihn die Welt leichter und fröhlicher wurde. Manchmal, wenn sie ihm von ihrer Traurigkeit und Angst um ihre Mutter erzählte, schaute er sie unsicher an und er sagte, dass er auch diese unfassbare Angst kenne. Dann sprach er von einem wiederkehrenden Traum, in dem ihn ein großer, schwarzer Vogel mit riesigem, roten Schnabel verfolgt, vor dem er weglaufen will, aber obwohl er rennt und rennt, nicht von der Stelle kam. Maria schaute ihm ins Gesicht und wollte gern noch mehr erfahren. Er sprang jedoch hastig auf, griff ganz cool nach einer Zigarette, die er gierig rauchte. Und das, obwohl er gerade erst 14 war! Marias Nachfrage verstummte. Sie fand es furchtbar, dass Ramon rauchte, und erneut war sie irritiert, weil sie wusste, dass er die Zigaretten von seinem Vater bekam.

Die folgenden Wochen waren bewegt von der neuen Situation. Der Vater zog aus, und es wurde auch klar, dass es eine andere Frau in seinem Leben gab. Sie vermissten ihn, aber die entspannte Ruhe, die im Haus einkehrte, fühlte sich gut an. Maria dachte in dieser Zeit häufig an ihren Traum und sie versuchte die Lektion von Mars zu beherzigen. Sie räumte ihr Zimmer gründlich auf und ging mindestens zweimal die Woche zum Rudertraining. Auch für den Wettbewerb hatte sie sich endlich angemeldet. Ihre Mutter, die zwar nach wie vor sehr traurig wirkte, war inzwischen wieder viel wacher und klarer geworden. Maria wusste, dass sie auch nicht mehr so viel Medikamente nahm. Um sich vom Kummer abzulenken, strich die Mama die Küche neu und Maria half ihr dabei. Sie lachten sogar ganz viel bei der Arbeit, die Spaß machte. Nur über den Vater redeten sie nicht – es tat zu weh. Dieser holte Maria am Wochenende häufig ab. Und obwohl sie ihn liebte, war alles so fremd für Maria, dass sie froh war, wenn sie wieder Zuhause war. Sie wollte auch nichts von seiner neuen Freundin wissen, und reden konnte sie mit ihm auch nicht richtig. Es gab meistens Streit. Maria fühlte sich trotz allem nicht mehr so hilflos. Sie hoffte und betete, dass alles wieder gut werden würde. Eine gewisse Spannung war in ihr. Jonni hatte ihr gesagt, dass er sie bald wieder abholen werde und sie hoffte schon auf einen neuen Traum. Es war inzwischen Mai. Alles grünte und blühte in dem kleinen Garten, den die Mutter liebevoll pflegte.

2. Sternenreise

Als der Adler wieder an ihrem Fenster auftauchte und sie in seine klaren Augen schaute, wusste sie, dass etwas passieren würde. Dann war es soweit! In einer Nacht, kurz nach dem Einschlafen, fand sie sich wieder in der großen Diele bei der alten Standuhr. Wie im letzten Traum war alles in ein sonderbares Licht getaucht. Ihre neuen Freunde standen schon da und warteten auf sie. Es schlug 12 Uhr – Mitternacht und Rums...... schon purzelten sie alle erneut auf diesen lichten Platz mit dem Kreis aus Säulen. *»Ich hab' aufgepasst«* grinste Jonni, während er Lisas Glas abstellte. Mit großen Augen ließ die Fischdame ein paar Blasen los. »Blub, blub.« Robert, der Skorpion, guckte keck aus Jonnies Tasche und Schlingel, die Schlange, ringelte sich am Arm von Jonni, wo sie hingehörte. Galant verbeugte sich das Trio vor Maria, die sich riesig freute, ihre merkwürdigen Freunde wieder zu sehen. *»Willkommen zu unserer neuen Sternenreise«*, sagte Jonni. *»Diesmal wird uns Venus empfangen. Die schöne Göttin der Liebe, der Kunst, der Gemeinschaft und Harmonie. Du wirst sehen, wie schön es bei ihr ist!«* Schon zog er Maria zum zweiten Säulentor. Als sie es durchschritten, war es Maria, als wenn sie durch einen Baum hindurch ginge. Ein warmes Licht empfing sie und ein betörender Duft von Blumen und reifen Früchten lag in der Luft. In der Ferne sah man fröhliche Wesen, menschenähnlich, aber mit zart schillernden Flügeln, auf einem goldenen Feld arbeiten. Tierherden, die in allen Farben schimmerten, grasten friedlich in der paradiesischen Landschaft. Mitten in dieser blühenden Landschaft entsprang ein zart plätschernder Quell, neben dem ein mit Rosen umrankter Pavillon stand.

Aus diesem kam ihnen eine schöne Frau mit einem wallenden, edlen Kleid entgegen, das von einem auffälligen Kupfergürtel gehalten wurde. Ihr langes Haar war gekrönt mit einem Gebinde aus Knospen und Ähren, die wie Edelsteine funkelten. Alle hielten die Luft an, als sie in ihrer ganzen Pracht vor ihnen stand. Erstaunt stellte Maria fest, dass diese Frau genau wie Mars sehr menschlich wirkte. Nur etwas

Überirdisches umgab sie. Sanft lächelnd sprach sie zu Maria: »*Willkommen in meiner Welt. Ich bin Venus! Meine Elemente sind die Erde und die Luft. Die Sternzeichen Stier und Waage gehören zu mir.*« Sie traten gemeinsam in den Pavillon, und Venus klopfte einladend auf gemütliche Sitzgelegenheiten mit seidenen Kissen. In der Mitte stand ein reich verzierter goldener Tisch, dessen Platte sich fast von all den köstlichen Speisen bog, die auf silbernen Platten kunstvoll angerichtet waren. Süße, dicke Engelchen, die sich Putten nennen, waren noch dabei, emsig aufzutischen. Ehe sich die lustig anzuschauende Gruppe versah, hatte jeder von ihnen einen Teller mit köstlichem Naschwerk auf dem Schoß. Nachsichtig lächelte Venus über Lisa, die Fischdame, die sich kopfüber in eine Kristallschale mit grünem Wackelpeter stürzte. Schlingel, die so gern, aber leider ohrenquälend sang, hatte sich schnell ein paar Köstlichkeiten in den Mund gestopft und war zu dem kleinen Engelorchester geschlängelt, welches im Hintergrund in einer Steingrotte zauberhaft musizierte. Gott sei Dank war ihr Mäulchen so voll, dass sie nicht mitsingen konnte. Jedoch Venus sang für sie alle, und sie wurden so fröhlich, dass sie mit einstimmten und in die Hände klatschten. Ach, war das schön! Und viel zu schnell war die wunderbare Zeit vorbei.

Selbst Jonni guckte traurig aus seinem Schädel mit dem witzigen Stirnband, das er immer trug. Nicht ohne Stolz hatte er Maria erzählt, dass es von seinem Großvater selbst gestrickt worden war. Alle bedankten sich beim Abschiednehmen und sie kicherten wie kleine Kinder, als Venus Jonni so herzhaft drückte, dass seine Knochen knackten. Zum Schluss gab Venus Maria einen Kuss auf die Stirn und sprach: »*Geliebtes Menschenkind! Behalte diese Zeit bei mir in deinem Herzen. Du bist im Moment häufig traurig und fühlst dich allein. Umso wichtiger ist meine Botschaft an dich: Öffne deine Augen für die Schönheit, die immer und überall zu finden ist. Und wenn sich Gottes Füllhorn öffnet, dann genieße es! Nimm es von ganzem Herzen an und vergiss dabei niemals diese Gaben auch zu teilen!*« Maria fühlte sich so erfüllt und strahlend, dass sie dankbar die zarte Hand von Venus nahm, sie an ihre Wange legte und einen Kuss darauf hauchte. Dann mussten alle schmunzeln, als Robert, wohl noch als Wegzehrung gedacht, saftige Früchte einsammelte und auf sein Schwänzchen spießte.... Was für ein Schlemmer! Noch das fröhliche Lachen im Ohr, wurde es auf einmal wieder dunkel um Maria.....

Maria wachte von der Frühlingssonne auf. Ihr Traum war ihr so nah, dass sie noch den Geschmack der köstlichen Erdbeertörtchen auf ihrer Zunge schmeckte. Lange hatte sie sich nicht so zufrieden und froh gefühlt. *»Meine Freunde und ich kommen wieder«* hallte noch ganz leicht Jonnis Stimme in ihr nach.

Mmm, sehen die lecker aus! Mit erhitzten Wangen und fröhlichen Blitzen in den Augen biss Marias Mama in ein Erdbeertörtchen. Auch die anderen der kleinen Gesellschaft ließen es sich schmecken. Maria guckte zufrieden in die Runde. Inspiriert von ihrer Begegnung mit Venus hatte sie ein Picknick gezaubert, das sie mit der Hilfe von Tante Irmchen heimlich vorbereitet hatte. Es war ein voller Erfolg. Ramon, ihr bester Freund, trug ein Lachen im Gesicht, das sie noch nie gesehen hatte und ihre Mama zeigte die Unbeschwertheit, wie sie sie von früher her kannte. Tante Irmchen nahm mit rollenden Augen eine doppelte Portion Sahne. Zu viert saßen sie in der kleinen Steingrotte im Garten ihres Zuhauses. Zuvor hatten sie einen Spaziergang am Rhein gemacht. Ramon hatte eine Blumenkette aus Frühlingsblumen geflochten und sie der Mama geschenkt. Später hatte sie ihn dafür in den Arm genommen und Maria war glücklich, dass beide sich so gut verstanden und wohl auch mochten. Tante Irmchen sagte nur leise dazu: *»Ja, ihm fehlt die Mutter.«*

Viel hatte Ramon aus seiner Vergangenheit nicht erzählt, aber bevor er mit seinem Vater in den Ort gezogen war, musste er erleben, wie die Mutter durch eine Krebserkrankung gestorben war. Auf ihrer Lieblingsbank neben dem Anker am Fluss hatte er Maria von den letzten Monaten und dem endgültigen Abschied von seiner Mutter erzählt, nicht ohne sich verstohlen immer wieder die Tränen dabei wegzuwischen. Maria hätte ihn gern getröstet, aber er war so schwierig – um ihn herum war trotz ihrer Vertrautheit eine unsichtbare Mauer. Zum Schluss sagte er – und dieser Satz hallte lange in Maria nach – da Ramon ihn irgendwie kalt zwischen den Lippen rausquetschte: *»Na ja, mein Vater und ich, wir haben uns schon getröstet.«* Unwillig schob Maria diese Erinnerung weg. Der Tag und ihr Zusammensein waren zu schön. Sie wollte ihn einfach nur genießen! Selbst ihr sonst träger Kater Klaus sprang fröhlich in der Runde herum und versuchte etwas Leckeres zu erhaschen. Als die Mama dann noch von Plänen für eine neue Skulptur sprach und Maria dabei umarmte und zärtlich küsste, wusste Maria: es ging bergauf. Maria liebte die Kunstwerke ihrer Mutter, die im ganzen Haus verstreut standen. Aber seit gefühlten Ewigkeiten hatte sie nicht wirklich an etwas gearbeitet, sondern war nur von den täglichen Pflichten in diese stumpfe Abwesenheit oder wie die Erwachsenen sagen, „Depression", gefallen. *»Eine Skulptur der Hoffnung«* sagte Ramon mit nachdenklichem Blick. Alle schauten sich erstaunt an und ein befreiendes

Lachen folgte dem Ganzen. »Ja«, sagte die Mama, »eine *Skulptur der Hoffnung*« und alle prosteten sich mit der selbst gemachten Limonade zu. Ein Lächeln spielte um Marias Mund, denn sie musste an Venus denken, und sie hatte das Gefühl, dass sie auf dem richtigen Weg waren.

Jonni aus dem Kosmos berichtet...

Oh ja, auf dem richtigen Weg – das sind wir. Ich bin ganz stolz auf Maria! Wie gut sie die Lektionen unserer Sternenreise lernt und die Botschaften der Planeten versteht und mit ihrem Leben verbindet. Zufrieden bei diesen Gedanken rekelte ich mich im Sessel meines Zimmers. Es lag eine gemütliche Stimmung im Raum. Robert, der Skorpion, saß mit einem seiner geliebten Kriminalromane in meiner Tasche. Seine Aufgabe ist es, den Menschen und Wesen, denen wir helfen, ordentlich zu zwicken und zu zwacken, wenn sie sich gar nicht verändern wollen. Und wenn sie die Probleme, die sie haben, nicht versuchen zu lösen und die Schuld immer den Anderen geben. Da er sich sehr ausgetobt hatte, – denn bei unserer momentanen Arbeit in der Menschenwelt gab es sehr viel zu zwicken und zu zwacken, war er jetzt Gott sei Dank ganz friedlich und entspannt. Schlingel, die kleine Schlange, die zwar gern küsste, hatte aber so viele Küsse der Veränderung geküsst, dass sie erschöpft, aber behaglich an meinem Arm schlief. Loki, mein stolzer Adler, war wie meistens im Land der Freiheit unterwegs. Häufig mit den Gedanken der Menschen, um ihnen das Träumen zu lehren. Nur Lisa, meine Fischdame, die mir vergnügt aus ihrem Glas, das mir gegenüber auf dem Schreibtisch stand, zuzwinkerte, wusste, was ich gerade fühlte, als ich gedankenvoll meine Sternenkette in der Hand drehte. Um in der Menschenwelt helfen zu dürfen, musste ich Ewigkeiten im „Bergwerk der Erkenntnis" arbeiten. Zum Abschluss dieser Arbeit schenkte mir mein Vater, „Der große Tod", diese kostbare Sternenkette, die ein Schlüssel zu den oberen Welten ist. Diese oberen Welten sind eine Schatzkammer und beinhalten den sogenannten göttlichen Funken.

Mein Vater ist der Planetenchef von Saturn und wird auch der „Eremit" genannt. Gleichzeitig ist er der große Grenzhüter, der das Tor zu der oberen Welt bewacht. Ich nickte Lisa zu, weil wir beide im Moment die Dankbarkeit über den Frieden und die Schönheit dieser großen Schatzkammerwelt wahrnahmen. Diese Welt ist kein Platz in der Ferne, nein, alles und jeder, auch du trägst diese Welt wie einen heiligen Ort in dir und es ist so schön, dorthin zu finden. Aber der Weg kann steinig sein und lange dauern. Um den Menschen zu helfen, ist mein Sternenschlüssel mein bestes Werkzeug. Mit ihm kann ich das Tor zu dieser Schatzkammer vorzeitig öffnen und so können die Menschen einen inneren Blick in diese Welt der Unendlichkeit und Liebe werfen, um Trost und Hoffnung zu bekommen, sowie den Mut, diesen inneren Weg dorthin zu gehen. Lisa ließ zu diesen Gedanken eine wunderschöne Blase im Wasser aufsteigen, die in allen Regenbogenfarben schillerte. Plötzlich klapperte der Briefkasten, und ein Brief wurde eingeworfen. Neugierig öffnete ich ihn. Er war von Merkur, unserem nächsten Ziel auf der Sternenreise. Das sah ihm ähnlich! Ich schaute auf eine bunte, interessante Einladungskarte. Ich musste über die schönen Formen und der Vielseitigkeit seines Kunstwerks schmunzeln. All diese Möglichkeiten der Verbindungen! Toll! Ja, das ist Merkur! Maria konnte sich auf unser neues Abenteuer schon freuen.

3. Sternenreise

Maria fand sich im Kreis ihrer Traumfreunde auf dem inzwischen vertrauten Platz bei den Steinsäulen wieder. Das dritte Tor stand schon weit auf, und um sie herum flitzte ein schöner junger Mann. Auffällig an ihm waren seine Schuhe, die mit Flügeln versehen waren und die ihn blitzschnell von einem Platz zum nächsten brachten. Ein gewinnendes Lächeln lag auf seinem Gesicht und er jonglierte mit mehreren Bällen, die wie kleine Computer aussahen und wohl auch so etwas ähnliches waren. Denn während des perfekten Jonglierens sprach er in eine der Kugeln, wobei aus einer anderen witzige Bilder sprangen. Bei der übernächsten hörte man, wie jemand etwas zu ihm sagte – ein tolles Schauspiel! Jonni war währenddessen schon zum vierten und dem fünften Tor gegangen, weil auch diese sich geöffnet hatten. Wie ein Blitz stand der schöne Jüngling plötzlich vor Maria und begrüßte sie fröhlich. Dass es Merkur war, wusste Maria, denn Jonni hatte ihr eine Einladungskarte gezeigt, die ähnlich bunt und vielseitig aussah wie das dritte Tor, aus dem Merkur herausgekommen war. Die wild wirbelnden Bälle waren verschwunden. Jetzt hatte er einen Stab in der Hand. Dieser hatte ebenso wie seine Schuhe zwei Flügel, wobei sich zusätzlich zwei Schlangen wie eine Spirale um den Stab wanden. Schlingel, die Schlange, hatte sich neckisch wie eine Kugel oben auf den Stab gesetzt und zischelte mit den beiden anderen Schlangen um die Wette.

4. Sternenreise

Aus dem vierten Tor erschien ein weibliches Wesen. Ihr Gewand war sanft leuchtend wie der Mond mit einem Mantel aus Sternen. Maria durchfuhr es wie ein Blitz, denn die Mondgöttin, die sie darin erkannte, sah ihrer Mutter so ähnlich. Aber gleichzeitig entdeckte sie sich selbst in dem sich ständig wechselnden Antlitz. Als dann auch noch die lieben, aber zugleich müden Augen ihrer längst verstorbenen Großmutter durch die Mondherrscherin auf sie herabblickten, wusste Maria, dass eine ganz besondere Lehre und Begegnung auf sie zukamen. Und schon trat aus dem fünften Tor ein strahlendes, dynamisches Wesen heraus und es war klar – das ist die Sonne! Ein Gewand aus Lichtstrahlen, leuchtend aber nicht blendend, umhüllte den Sonnenherrscher. Dieses überirdische Wesen erweckte mit seiner Leuchtkraft den Eindruck, als würde es die ganze Gruppe umfassen und gleichzeitig weit öffnen.

Maria bemerkte, als sich die Sonne dicht neben den Mond stellte, deren gemeinsame Schönheit. Und ebenso wie in der Mondgöttin entdeckte Maria auch in den Zügen des Sonnengottes vertraute Bilder. Wie er sich zur Mondgöttin beugte, um sie zu küssen. Oh ja: das erinnerte sie sehr an ihren Vater – was war das nur? So vertraut wie mit diesen beiden hatte sie sich mit keinem der anderen Sternengötter gefühlt! Jonni diskutierte heftig mit Merkur, und dabei jonglierte Merkur mit den Perlen von Lisa, die er der Fischdame aus ihrem Glas gemopst hatte. Fast schwebend – das lag wohl an seinen Flügelschuhen – ging Merkur dabei der Gruppe voraus und alle folgten ihm. Die Mondgöttin hielt Maria dabei leicht umschlungen und noch niemals hatte Maria so eine Geborgenheit empfunden. Sie gingen gemeinsam am dritten Tor von Merkur vorbei, das noch offen stand. Ja, wie interessant!!! Seine ganze Welt schien wie seine Einladungskarte! Maria nahm Lichter, Formen und Farben wahr. Aber auch Töne und verschiedene Sprachen kamen ihnen aus dem Tor entgegen. Maria begriff ohne viel Worte, dass Merkur eine Schalt- und Verknüpfungsenergie ist, die alles miteinander im Austausch hält. Sie betraten dann das vierte Tor und kamen zum Mond. *»Hier ist das Sternzeichen Krebs zu Hause«*, flüsterte ihr Jonni augenzwinkernd zu. Maria fand ihre nächtlichen Reisen mit Jonni und seinen Freunden immer interessanter, und neckisch lächelnd antwortete sie ihm: *»Ja, ich weiß und stell' dir vor, ich habe mir von meinem Taschengeld ein Buch über die Sternzeichen gekauft.....!«* »Wow! Du lernst aber schnell!«, antwortete Jonni und grinste zufrieden zurück. Der Weg durch das vierte Tor führte sie in einen großen Saal, der wie ein riesiges Zelt erschien. Überall blinkten Sterne wie auf dem Mantel der Mondgöttin, und der Boden schimmerte sanft wie die ruhige Oberfläche eines geheimnisvollen Sees.

Auch fühlte es sich so an, als wenn sie durch Wasser gehen würden, aber Maria spürte keine Nässe. Inmitten des Sternensaals stand ein Brunnen, auf den sie alle zugingen. Maria zögerte, denn mit einem Mal wurde ihr bange. Aber die Mondgöttin nahm sie bei der Hand und lächelte ihr zuversichtlich zu, sodass Maria ruhiger wurde. Am Brunnen angekommen, stellte sich Merkur vor Maria und wie hypnotisiert schaute sie auf Lisas Perlen, mit denen er die ganze Zeit jongliert hatte. Jonni sagte mit ernster Stimme: »Maria, die Perlen, die wir dir jetzt schenken, sind Perlen der Erinnerung. Erinnerungen sind Energien, die häufig tief in uns wirken und uns manchmal schon lange begleiten. In einer dieser Perle ist eine Erinnerung deiner Mutter. Es ist eine tiefe und schwere Erinnerung in ihr, die wir dir nun offenbaren. Aber sie hilft dir, dein Leben und viele Zusammenhänge besser zu verstehen.« Dann nahm er Merkur eine zweite Perle aus der Hand. Maria war gespannt: eine schwere Erinnerung ihrer Mutter? Wie konnte es sein, dass die Perle zwar im Moment schwarz schimmerte und doch so schön war? Wie ein Blitz durchzuckte sie das Wissen, dass es furchtbar schmerzhafte Erfahrungen auf dem Schicksalsweg des Menschen gibt, die ihn aber lehren können, die Unendlichkeit und Schönheit des Lebens zu erfassen. Während Maria dieses empfand, leuchtete die Perle auf, wurde schimmernd klar, funkelte wie ein Regenbogen und verschwand. Nun hielt Jonni ihr die zweite Perle hin und sprach: »In dieser Perle sind Erinnerungen deines Vaters, und auch diese werden dir ebenso viel offenbaren.«

Zu der Mondgöttin, die direkt an ihrer linken Seite stand, kam bei diesen Worten der Sonnengott an die andere Seite, und Maria fühlte seine warme, beruhigende Klarheit. Mit der zweiten Perle war es ähnlich wie mit der ersten, und als auch diese sich regenbogenschimmernd auflöste, zog es Maria unwiderstehlich zu dem sanft plätschernden, schönen, steinernen und uralt wirkenden Brunnen. Sie schaute der Mondgöttin direkt in die Augen, als sie ihre Worte, die wie Honig waren, vernahm: »Maria! Mein Element ist das Wasser. In diesem ist das Meer der Ganzheit enthalten. In mir und meiner Mondenergie findest du das Weibliche in all seinen Möglichkeiten und es wird immer vom Gefühl getragen. Meine Welt ist für den Verstand häufig nicht fassbar, aber mein Wissen wird aus den Tiefen des Unbewussten geboren und ist zeitlos wahr.« Nun schaute Maria direkt in die schimmernde Oberfläche des Wassers vom Brunnen, und obwohl sie ja schlief und träumte, fiel sie in einen noch tieferen Traum.

In diesem fand sie sich in einem Krankenhaus wieder, auf der Intensivstation. Sie schaute direkt auf eine alte, bewusstlose Frau, die vor lauter Instrumenten und Verkabelungen an ihrem Körper klein und unendlich hilflos wirkte. Maria wusste sofort: da lag die Mama ihrer Mutter – ihre Großmutter. Ihre Großeltern waren schon verstorben, als sie selbst geboren wurde. Aber zu Hause gab es eine Menge Fotos von ihnen, und ihre Mutter sprach viel und voller Liebe von ihnen, obwohl ihre Kindheit alles andere als unbeschwert gewesen war. In diesem noch tieferen Traum saß ihre Mutter mit dem Rücken zu Maria am Bett und wirkte so traurig und verloren, wie Maria sie noch nie gesehen hatte. Es gab ihr einen Stich ins Herz, als sie sah und hörte, dass ihre Mutter leise weinend, fast wimmernd, versuchte, zwischen den ganzen Gerätschaften, die in der Oma steckten, ein bisschen Haut zum Streicheln zu finden. Maria wollte ihre Mutter trösten, aber sie erkannte, dass sie für die Mutter nicht sichtbar war. Trotzdem ging sie ganz dicht an ihre Mutter heran und umfasste sie – aber diese merkte nichts davon. Im Hintergrund standen Ärzte, eine Frau und ein Mann. Sie hielten Röntgenbilder gegen eine Lichtleiste. Auch diese bemerkten Marias Anwesenheit nicht. Sie war anscheinend unsichtbar.

Die Mienen der Ärzte waren unnahbar und verschlossen. Keiner hatte ein tröstendes Wort für die Mutter von Maria. Mit dem Rücken zu dieser sprachen sie: *»Dieser Fall ist aussichtslos!«*... Wortfetzen von »Depression« und »Alkohol«, »Medikamente« und das schwerwiegende, zerstörerische Wort »Selbstmordversuch« standen wie Stahl, der hier ja auch reichlich verarbeitet war, im Raum. Bei diesen Worten machte sich die Mutter plötzlich ganz gerade. Ihr Gesicht, auf dem noch die Tränen lagen, wurde mit einem Mal ganz starr, und sie wirkte sehr erwachsen. Sie entschuldigte sich kurz und verließ den Raum. Die jungen Ärzte schauten sich achselzuckend an. Maria wurde schlagartig bewusst, dass die Hilflosigkeit ihrer Mutter, ihre Traurigkeit und ihre Verletztheit, die sie in letzter Zeit so häufig verspürt hatte, in jedem dieser Erwachsenen war. Sie fühlte das einsame Kind hinter ihren erwachsenen und anscheinend wissenden Gesichtern. Maria verstand und spürte, mit einer unbeschreiblichen Liebe in sich, die oft traurigen und hilflosen Situationen ihrer Eltern. Sie wusste mit einem Mal, dass es zwar viele Erwachsene gibt, aber wenig große Menschen.

Noch ganz in dieser Erkenntnis, aber auch in dieser tief empfundenen Liebe, küsste Maria ihre Großmutter, die sie in ihrem normalen Leben niemals erlebt hatte und die ihr doch so vertraut war. Langsam verblasste alles, und Maria fand sich am Brunnen wieder. Benommen sank sie direkt in die Arme der Mondgöttin, die sie voller Mitempfinden aufnahm und sanft wiegte.

Nach einer ganzen Weile fühlte sich Maria ausgeruht und klar, denn sie wusste, dass es noch weiter ging. Da nahm sie der Sonnengott auch schon an die Hand. Gemeinsam verließen sie die Mondenwelt und gingen durch das fünfte Tor.

"Hand des Sonnenherrschers"

5. Sternenreise

Oh, diese Welt erschien ganz anders! Alles war klar und hell – eine leuchtende Landschaft, die tief in die Weite reichte. Wundersame Blumen und Bäume, die wie Gold leuchteten und Früchte aus Kristallen trugen, waren hier der Blickpunkt. Mitten in dieser Landschaft stand ein goldener, herrschaftlicher Wagen. Stolz öffnete der Sonnengott die Tür des selbst wie die Sonne aussehenden Wagens und lud sie alle zu einer Sonnenfahrt ein. Mensch, war das aufregend! Alle lachten und freuten sich auf dieses Abenteuer. Jonni hielt Lisa im Glas auf den Schoß. Und selbst Loki, der Adler, wollte mit dabei sein und setzte sich auf die Schulter von Merkur. Schlingel war nach wie vor an dessen Stab und zischelte mit den Schlangen des Stabes fröhlich herum. Robert, der die Mondgöttin sehr verehrte, hing ihr am Rockzipfel und hielt charmante Reden, die sie wohl sehr belustigend fand, denn ihr zartes Lachen erklang immer wieder.

Sakrament! Was für eine Truppe! Und schon ging es los. Maria saß direkt hinter dem Sonnengott, der die wunderschönen, kraftvollen Feuerpferde, die vor den Wagen gespannt waren, in Bewegung brachte. Dabei rief er: »Ho! Alle meinen schönen Pferde! Ho, ho! Ich bin die Sonne! Meine Energie ist das Feuer und mein Licht bringt alles zum leuchten.« Dabei drehte er sich zu Maria um und zwinkerte ihr lachend zu. Maria erfasste ein leichter Schwindel, als sie durch diese wunderbare Landschaft fast flogen. Dann begann die zweite Perle mit der Erinnerung ihres Vaters zu wirken, und erneut fiel sie von ihrem Traum in den nächsten Traum. Maria saß mit einem Mal neben ihren Eltern in einem Riesenrad in einer großen Stadt. Wieder war sie unsichtbar. Die Eltern wirkten verliebt und glücklich und genossen den Blick von oben auf die bunt wirkende Stadt. Seltsamerweise kam dieser bekannte traurige Zug, den Maria häufig zum Schluss in den Gesichtern ihrer Eltern gesehen hatte, zum Vorschein. Trotz alledem waren sie lustig und wirkten wohl auch vom Alkohol beschwipst. Der Vater machte Späße, und lachend ging die Mutter darauf ein. Maria sah in der Erinnerung des Vaters, dass die Mutter vor dem Ausflug lange sehr still und traurig gewesen war, und sie merkte, dass der Vater sie aufmuntern wollte. Plötzlich kippte irgend etwas im Gefühl von beiden. Maria spürte die Hilflosigkeit und gleichzeitig den Ärger, den ihr Vater dabei empfand. Denn es machte ihn müde, die Mama immer aufzumuntern und für eine harmonische Stimmung zu sorgen. Unbewusst erinnerte es ihn an seine eigene Kindheit und dem anstrengenden Gefühl, hoffentlich immer alles richtig zu machen. Scheinbar grundlos begannen die Eltern zu streiten und scharfe Worte trafen wie Pfeile ins Herz, aber beide konnten ihre Hilflosigkeit und Betroffenheit darüber nicht zeigen. Im Gegenteil: sie wurden hart und verschlossen. Die Zärtlichkeit wich, Wut und Ärger standen nun in ihren Augen. Wortlosigkeit und Traurigkeit legte sich wie eine schwarze Wolke auf die Situation.

Beide wollten eigentlich zärtlich nach der Hand des Anderen greifen, denn sie wussten, dass dieses der Weg war, um das Eis zwischen ihnen zu brechen, aber statt dessen kamen nur erneut jähzornige Vorwürfe für den anderen hervor. Maria spürte regelrecht in dieser geschenkten Perlenerinnerung, wie sich ihr Vater selbst dafür hasste und beide sich als Verlierer empfanden. Die Szene löste sich langsam vor Marias Augen auf und sie fand sich im Sonnenwagen des Sonnengottes wieder. Zurück blieb das Gefühl, dass dieser Zwiespalt von Liebe und Wut, von Vertrauen zur tiefen Verschlossenheit und Aggression schon sehr lange in ihren Eltern wirkte, und sie sah in beiden mit einem Mal nur noch das in seinen Gefühlen verletzte innere Kind. Dieses konnte sie gut verstehen, denn sie fühlte sich selbst in letzter Zeit häufig genau so. Die Perle hatte also gewirkt! Jonni jedenfalls freute sich über die Erkenntnisse von Maria, denn so hatte sie jetzt die Möglichkeit, ihren Eltern für ihre gefühlte Einsamkeit der letzten Zeit zu verzeihen. Jonni lächelte ihr aufmunternd zu, und während sie zurück lächelte, lehnte sich Maria entspannt zurück und genoss einfach die wilde, aufregende Fahrt mit allen im Sonnenwagen.

6. Sternenreise

Inzwischen war es Hochsommer geworden. Die letzten Wochen vor den Ferien im August waren wie immer von Zeugnisstress und Vorfreude auf die großen Ferien geprägt. Maria konnte stolz auf sich sein, denn trotz der starken Veränderungen in ihrem Leben war die Schule leicht für sie zu meistern. Auch im Ruderclub hatte sie mit ihrem konsequenten Training ihre Leistung so gesteigert, dass Tom, mit dem sie häufig nach dem Training noch ein wenig redete, was ihr unglaublich gut tat, sie eines Tages beim Abschied hoch in die Luft wirbelte und lachend zu ihr sagte: »Maria, ich bin so stolz auf dich!« Das tat ihr gut. Verlegen bedankte sie sich und drückte ganz fest seine Hand. Ramon, der wie meistens vor dem Club auf sie wartete, erzählte sie begeistert auf dem Weg nach Hause von ihren Erfolgen.

Erst nach einer ganzen Zeit merkte sie, wie einsilbig und traurig Ramon war. Sie machten wie immer bei der Bank am Anker halt, und Maria sah erschreckt, wie Ramon sich mit zitternder Hand eine Zigarette anzündete an seinem Handgelenk eine frische Schnittwunde, die der lange Ärmel des Sweatshirts, das er trotz der Sommerwärme trug, nicht ganz bedeckte. Beherzt zog Maria seinen Ärmel ganz hoch und konnte einen kleinen Schrei nicht unterdrücken, denn tiefe, blutige Schnitte waren auf dem ganzen Arm verteilt. Fassungslos taumelte sie rückwärts zur Bank und setzte sich. »Warum? Warum nur......? Ramon, was soll das?!« flüsterte sie ihm tonlos zu. Ganz ruhig stand er vor ihr und wirkte dabei nicht wie ein Kind von vierzehn Jahren, sondern wie ein uralter, geschlagener Mann. »Das willst du gar nicht wissen!« antwortete er ihr mit harter Stimme und Maria erkannte, dass es hier nichts mehr zu reden gab. Stumm und bedrückt machten sie sich auf ihren Heimweg. Maria beschlich eine unerhörte Ahnung, aber sie wagte gar nicht daran zu denken –. Vor ihrem Zuhause wirkte Ramon schon wieder ganz anders. Betont locker stupste er ihr auf die Nase und sagte: »Tschüss, Schnecke.« So nannte er sie häufig, und Maria winkte ihm noch traurig nach.

Endlich Ferien!

Maria packte die Reisetasche aus Segeltuch. Neben den Astrologiebüchern auch ein Geburtstagsgeschenk ihres Vaters. Mit ihm verbrachte sie die erste Woche der Ferien auf einem Boot. Sie wollten die Mecklenburgische Seenplatte entlangfahren, und obwohl sie ein bisschen Angst hatte, mit dem Vater allein auf so engem Raum zu sein, freute sie sich sehr und sie hoffte, dass sich die Fremdheit, die sich häufig bei ihnen eingeschlichen hatte, verlieren würde. Die Astrologiebücher legte sie griffbereit in die Seitentasche. Sie war schon ganz gespannt aufs Lesen. Während des Packens dachte Maria an die letzten Monate, wenn ihr Vater kurz zu Hause war. Die Mutter versuchte ihm aus dem Weg zu gehen, denn sie litt unter der Wortlosigkeit zwischen ihnen. Oder, was noch schlimmer war, wenn böse Vorwürfe fielen. Der Schock über das Ende, dass der Vater nicht mehr da war und dass eine andere Frau an seiner Seite war, lag wie ein böser Traum zwischen ihnen. Die Mutter ließ nicht zu, dass jemand schlecht über ihn sprach und sie redete vorwiegend mit Verständnis für die Situation und sprach von ihren Fehlern. Aber Maria hörte sie so oft weinen, und obwohl ihre Mutter nach außen stark wirkte, wusste Maria, wie verzweifelt und verletzt sie sich fühlte. Gott sei Dank hatte sie gute Freunde und die Tage, die sich schwer wie Blei anfühlten, wurden seltener.

Maria war noch ganz in diesen Gedanken, als die Mutter mit frischer und gebügelter Wäsche für die Reise in ihr Zimmer kam. Oben auf dem Wäscheberg lag ihr neuer Bikini. Sie hatten letztens eine schöne Shoppingtour gemacht und die Mama hatte ihn ihr geschenkt. Maria fühlte sich ganz schön erwachsen mit dem Bikini. Er hatte hübsche Körbchen, der ihre noch kleinen, aber wohlgeformten Brüste sehr sexy wirken ließen. Er war dunkelgrün, wie ihre Augen und hatte rote, hübsche Bänder. Lachend meinte die Mama, als sie ihn liebevoll in die Marias Reisetasche legte: »Da wird Papa aber stolz sein! So ein schönes Mädchen an seiner Seite zu haben!« »Ja, ja«, meinte Maria »Wahrscheinlich muss er immer an dich denken und hoffentlich vermisst er dich wie verrückt.« Verlegen lächelte die Mutter, aber es stimmte. Sie selbst wirkte wie eine junge Frau und die Ähnlichkeit zwischen ihnen war groß. Übermütig umfasste Maria ihre Mutter, schwenkte sie hin und her, während sie immer wieder sagte: »Mädchen! Mädchen, laß ihn zischen – es gibt einen Frischen! Es gibt einen Frischen!« Ein Spruch von Tante Gerdi, die sie besucht hatten und alle befreit auflachen ließ, weil die Mutter mit den Tränen kämpfte, als Tante Gerdi nach dem Vater fragte. Vergnügt tanzten Mutter und Tochter, bis sie lachend auf das Bett von Maria fielen. »Ach, meine Kleine. Eine Freundin sagte mir auch letztens, dass die Männer schon wieder Schlange stehen. Ob ich das gar nicht merken würde? Aber weißt du,« sagte sie zärtlich und strich Maria eine vorwitzige Strähne aus dem Gesicht, »wir brauchen Zeit. Ich möchte uns allen Zeit geben. Vielleicht findet Papa zu uns zurück und wir können nochmal ganz neu beginnen, denn mit uns war es schon das ‚große Glück‘!« Ein tiefer Seufzer kam Maria aus der Brust. »Oh, Mama, ja! Das wäre schön und es fühlt sich richtig gut an, wenn ich es mir vorstelle!«

7. Sternenreise

Versonnen schaute Maria auf die übers Wasser tanzenden Sonnenstrahlen. Das Boot glitt ganz sanft durch die wunderschöne Landschaft, und der Vater stellte sich als hervorragender Kapitän heraus. Die ersten Tage hatten sie beide viel geschlafen, und ob es am Wasser lag oder weil sie allein und mit einem Mal wieder vertraut wie früher waren, hatten sie gute Gespräche und sie fühlten sich sehr wohl miteinander. Der Vater sprach von seiner Traurigkeit und wie einsam und fremd er sich Zuhause zuletzt gefühlt hatte. Mit Tränen in den Augen und die Hände zu Fäusten geballt, sagte ihr Vater resigniert: *»Ich habe mich in letzter Zeit immer wie vor einer Wand gefühlt. Ich wollte irgendwann nur noch ausbrechen, und obwohl es uns allen im Moment sehr weh tut, denke ich, dass es so richtig ist. Weißt du, Mama und ich hatten uns in einem Labyrinth verlaufen und ich sah keinen anderen Ausweg mehr!«* »Na ja«, gab Maria zu bedenken, *»wenn du von einem Labyrinth sprichst, dann hat das mit deiner Freundin bestimmt zum Verlaufen beigetragen und bei euren Problemen nicht gerade geholfen.«* »Ja«, der Vater seufzte tief und sah betreten weg, – leise sagte er dann: *»Dinge geschehen und manchmal ist die Welt anders als noch Tage davor, selbst wenn man es sich von Herzen wünscht – irgendwie gibt es in dem Moment kein Zurück mehr«.*

Mit einem Mal fühlte Maria nur noch Liebe und Verständnis für ihren Vater und ganz sanft streichelte sie ihm über die Wange, während sie an ihre Mama dachte. Ganz tief in ihrem Herzen verstand sie nun den alten Spruch: „Die Zeit heilt alle Wunden!" Die Aussprache mit ihrem Vater tat beiden gut. Die interessante Fahrt löste die schweren Momente immer wieder auf. Es gab unglaublich schöne Vögel und Pflanzen mit dem Fernglas zu beobachten und Maria verliebte sich in diese sanfte Fahrt. Am Nachmittag legten sie das Boot an kleinen hübschen Orten an. Sie bummelten durch verwinkelte Gassen und genossen in urigen Gaststätten den fangfrischen Fisch. Jeden Tag schien die Sonne freundlich und warm – es war einfach herrlich, wie der Sommer sich von seiner schönsten Seite zeigte. Während der Vater das Boot durch die traumhafte Landschaft manövrierte, genoss Maria am Deck ihre Astrologielektüre. Sie las alles über die Sternzeichen, die dazu gehörigen Planeten und ihren Energien. Durch ihre Traumerfahrungen, die sie durch Jonni geschenkt bekam, war ihr die Welt der Astrologie überhaupt nicht mehr fremd.

Auf einer Pappe hatte sie sich den Sternenkreis aufgemalt und sie entdeckte, dass die 12 Tore gleichzeitig der Eingang zu den Sternzeichen und ihrer Wirkkraft im Jahresverlauf waren. 5 Tore hatten sich schon geöffnet und die Planetenherrscher hatten sich ihr vorgestellt. Nun verstand sie auch, warum Jonni ihr gesagt hatte, dass sich das 6te und das 7te Tor anders öffnen würden und die nächtliche Sternenreise mit ihm erst im November weitergehen würde. Denn diese Tore gehörten zu Merkur und Venus. Diese beiden hatte sie ja schon bei ihren nächtlichen Sternenreisen mit Jonni und seinen Freunden kennengelernt. Sie erfuhr anhand ihrer Astrologiebücher, dass Merkur nicht nur zum 3ten Tor und dem Sternzeichen „Zwilling" gehört, sondern ebenfalls im 6ten Tor beheimatet ist und dort das Sternzeichen „Jungfrau" regiert. Wenn man durch das 7te Tor gelangte, kam man erneut zur schönen Venus. Diese hatte Maria schon im 2ten Tor mit dem Sternzeichen „Stier" kennengelernt. Dabei erinnerte sie sich gern an den ereignisreichen Nachmittag mit ihren Freunden bei der schönen Sternengöttin. Das 7te Tor gehörte ebenfalls zu ihr und dort regierte sie mit dem Sternzeichen „Waage". Maria schrieb in jedes Tor, das sie aufgemalt hatte, die Planetenherrscherin oder den Planetenherrscher und das dazu gehörige Sternzeichen mit dem wirkenden Element. Außerdem fügte sie ein paar Stichpunkte mit den Charaktereigenschaften des Sternzeichens hinzu. Sie fand diese Arbeit ungeheuer interessant, und sie dachte an ihre Familie, Freunde und Bekannte. Ihr wurde klar, dass viele Dinge, die sie lernte, zu den Personen und ihrem Sternzeichen passten. Außerdem wurde ihr bewusst, dass sie durch die Arbeit mit ihrer Pappe gedanklich schon im 6ten Tor bei Merkur war. Denn mit dem Element der Erde regierte er im 6ten Tor im Sternzeichen der „Jungfrau". Marias Arbeit, die Dinge zu ordnen und zu analysieren, gehörten genau dazu. Bei diesen Überlegungen beobachtete sie immer wieder das Tänzeln des Lichts auf dem Wasser und sie war gar nicht erstaunt, als sich aus diesem Licht- und Schattenspiel ganz plötzlich Merkur formte. Verschwörerisch grinste er sie an, während er mit den sich bildenden Lichtbällen spielte. Maria war abermals erstaunt über seine Geschicklichkeit und Schnelligkeit. Dankbar lehnte sie sich vom kleinen Bootstisch und ihrer Arbeit zurück und dachte nur – Wau! Was für eine interessante Welt sie doch kennenlernen durfte. – Ihr Vater, der am Steuerrad des Boots stand, bekam von all diesen Dingen nichts mit. Er guckte nur erstaunt, als er sah, wie Maria fröhlich und lachend zum Wasser winkte. Später stupste er sie zärtlich an und fragte: »Na, hast du vorhin mit einem Wassergeist gesprochen?« »Ja, ja! So ähnlich« antwortete Maria und lachte in sich hinein.

Viel zu schnell war diese schöne Zeit mit ihrem Vater vorbei, und auch wenn sie sich sehr auf ihr Zuhause freute, so war der Abschied für beide sehr schwer. Aber die Traurigkeit über den Abschied von der Reise und ihrem Vater verging schnell. Wieder Zuhause genoss Maria die weiteren Tage der Ferien mit der Mutter. Obwohl es schon Ende August war, reihten sich die heißen Sommertage wie Perlen aneinander. Sie gingen schwimmen, Eis essen oder sie waren ganz oft im Garten. Während Maria meistens las, arbeitete ihre Mutter an der besagten „Skulptur der Hoffnung". Maria staunte, wie ihre Mutter aus allerlei Fundstücken, die sie über die Jahre gesammelt hatte, eine wunderschöne Skulptur entstehen ließ. Fröhlich, aber auch sehr konzentriert, arbeitete die Mutter mit Eisen und Beton, um alles zu verbinden. Beim Beobachten ihrer Mutter stellte Maria fest, wie sehr sich diese verändert hatte. Man sah zwar in ihrem Gesicht noch häufig Traurigkeit aufblitzen, aber der Schmerz der Trennung hatte sie wach gerüttelt. Konsequent ging sie ihre Schwierigkeiten an, und Maria spürte, wie ihre Mutter von Tag zu Tag klarer wurde und sich dem Leben wieder zuwendete. Ramon kam häufig zu ihnen in den Garten und machte sich nützlich. Er mähte den Rasen oder half beim Tragen von schweren Dingen. Und wenn sie anschließend beisammensaßen und die leckeren Dinge, die die Mama kochte, verspeisten, planten sie ein großes Gartenfest, um die fertige Skulptur und den dann beginnenden Herbst zu feiern. Ramon war in der Gegenwart von Marias Mutter immer ganz gelöst und fröhlich. Maria aber hatte die Schatten des traurigen Erlebnisses am Fluss und ihrem Lieblingsplatz am Anker nicht vergessen, und auch die Mutter schien zu merken, dass Ramon ein dunkles Geheimnis hatte.

Tante Irmchen schaute mit roten Wangen aus der Durchreiche der Küche, die alle nur zärtlich „die Küchenluke" nannten. Seit zwei Tagen war die Küche zu ihrem Hauptrevier geworden. Sie kochte und backte wie ein Weltmeister für das große Gartenfest. Inzwischen sah der Garten wie ein riesiger Festsaal aus. Maria und Ramon hatten unzählige bunte Lampions über den gemütlichen Sitz-und Stehplätzen aufgehangen. Die fertige Skulptur stand gleich am Eingang des Gartens unter dem Rosenbogen. Sie war wunderschön geworden. Die Mutter hatte aus den vielen Fundstücken, wobei sie zu vielen eine Geschichte erzählen konnte, ein Herz gearbeitet. Wie ein bunter, kostbarer Schatz erschien diese außergewöhnliche und doch so einfache Skulptur.

Das Fest wurde ein voller Erfolg. Spontan hatten sich einige Freunde zum Musizieren entschlossen, während sich alle an den köstlichen Dingen labten und fröhlich waren. Etwas skeptisch beobachtete Maria, wie ihr Vater, der spontan vorbeigekommen war, zögerlich auf ihre Mutter zuging, die für einen Moment allein an ihrer Skulptur stand. Traurig, aber auch sehr verbunden, schauten die beiden sich an.

In diesem Moment erschien nur für Maria sichtbar ein helles Licht über ihren Eltern.

Voller Erstaunen sah Maria, wie aus diesem Licht die Göttin Venus wie ein Schatten erschien. Spontan begriff sie die geheime Botschaft, da Venus im 7ten Tor die Regentin des Sternzeichens „Waage" war, denn erst heute morgen hatte Maria noch die Stichpunkte der „Waage" gelernt: Harmonie, Begegnung, Partnerschaft sowie die Kunst. Oh, das passte zu diesen Erlebnissen. Venus lächelte ihr zu, während sie goldglitzernden Sternenstaub über die noch wortlos beieinander stehenden Eltern streute. Dabei lächelte sie Maria geheimnisvoll zu, und warf ihr, bevor sie wieder verschwand, einen Luftkuss zu. Beseelt spürte Maria in diesem Moment, dass alles gut werden würde.

8. Sternenreise

Die darauffolgende Herbstzeit begann anstrengend und ereignisreich. In der Schule sowie im Kanu-Ruderclub musste Maria ordentlich ran. Der große Wettbewerb stand vor der Tür. Tom, ihr Trainer, ließ nicht locker beim Trainieren und brachte sie an ihre Grenzen. Sie trainierten ständig auf dem Fluss die Eskimorolle, – eine Methode, das gekenterte Boot, ohne auszusteigen, wieder in Fahrtrichtung zu bringen. Das war nicht ohne, und sie hatten im Moment alle die Nase voll. Aber da der Wettbewerb traditionell Anfang Dezember stattfand, wussten sie, worauf sie sich einließen, denn zur Zeit war es noch herbstlich warm. Nach dem Training waren alle völlig durchnässt und durchgefroren. Da half nur noch eine heiße Dusche. Maria freute sich dennoch auf ihr Zuhause. Sie und ihre Mutter hatten verabredet, das Abendbrot mit einem schönen Film auf dem Sofa eingekuschelt zu genießen. Diese Aussicht ließ sie ihren Frust vergessen, denn bei ihr hatte heute gar nichts geklappt. Tom hatte zum Abschied nur die Augenbrauen hochgezogen und schief gelächelt – oh weia –.

Sie war gar nicht traurig, als Ramon auch nicht wie so oft am Eingang stand, um sie abzuholen. Sie wollte einfach nur schnell nach Hause und mit der Mutter zusammen sein. Außerdem war sie gespannt, was die Mama ihr zu erzählen hatte, denn die Eltern hatten sich mittags beim Italiener verabredet, und die Mama war seit zwei Tagen schon ganz aufgeregt. Seit dem Gartenfest, wo der Vater genau so schnell wie er gekommen auch wieder gegangen war, hatten sie keinen Kontakt mehr gehabt und nur zögerlich war die Mutter auf den Vorschlag mit dem gemeinsamen Essen eingegangen. Wie immer, wenn Maria an ihre Eltern dachte, schickte sie ein kleines Stoßgebet zum Himmel, denn sie war nach wie vor überzeugt davon, dass ihre Eltern einfach zusammengehörten. Zu Hause war der anstrengende Tag schnell vergessen. Glücklich kam ihr die Mutter schon am Eingang entgegen und nahm sie ganz fest in ihre Arme. Während sie dann gemeinsam in der Küche ihre leckeren Schnittchen für das Abendbrot zubereiteten, erzählte ihr die Mutter, dass sie und der Vater nach Ewigkeiten ein gutes Gespräch gehabt hatten und sich endlich mal wieder verstanden hatten. »Es war so leicht und frei«, sagte sie und ihre Augen blitzten dabei »Naja«, mit einem Achselzucken erklärte sie dann aber, wobei sich ihr Gesicht beschattete und sehr nachdenklich wirkte. »So viel ist geschehen und die Zeit vor unserer Trennung und das Ende waren so schmerzlich. Im Moment weiß keiner von uns beiden, wie es weitergeht«. Es kam dann noch eine gemütliche Stimmung auf. Die Mutter hatte Feuer im schönen, alten Ofen angezündet, das man durch die Glasscheibe beobachten konnte, und ein behagliches Knacken kam aus ihm. Schnell verscheuchte Maria die Erinnerung an diese Zeit, als nur Streit oder Schweigen im Haus war und dachte sich, dass der Vater zwar sehr fehlte, aber dass es so eine Zeit nie wieder geben dürfte. Jedoch wenn alle aus ihren Fehlern lernten, könnte es neu beginnen Sie dachte dabei an den eingerahmten Spruch, der in der Küche über der Tür hing: »Liebe überwindet alles«. Das gab ihr Hoffnung, und ganz dicht an die Mutter und den Kater Klaus gekuschelt, genossen sie den Film und das köstliche Abendbrot. Dann endete der Abend aber ganz anders als erwartet.

Maria bereitete sich gerade zum Schlafen vor, als es wie wild an der Haustür klingelte. Sie stand am oberen Treppenabsatz, als die Mutter unten die Haustür öffnete und sie sah mit Erschrecken, wie Ramon weinend in die Arme ihrer Mutter fiel. »Ich gehe nie mehr nach Hause. Ich kann das nicht mehr« presste Ramon zwischen erbärmlichem Schluchzen immer wieder aus seinem Mund hervor. Maria eilte hinzu und hielt bestürzt seine Hand, während die Mutter ihn mit beruhigenden Worten in das behaglich warme Wohnzimmer und zum Sofa führte. Es dauerte eine gefühlte Ewigkeit, bis sich Ramon endlich etwas beruhigte. Ganz still hatte die Mutter den Arm um ihn gelegt und sprach ihm beruhigend zu, während Maria ziemlich hilflos seine Hand hielt. Die Wahrheit, die Ramon dann mit zitternder Stimme und immer wieder von einem wilden Schluchzen begleitet von sich gab, war schrecklich. Er erzählte von den jahrelangen sexuellen Übergriffen seines Vaters, dass dieser immer und immer wieder, sogar schon vor dem Tod der Mutter, Zärtlichkeiten von ihm verlangte, die weit über eine liebevolle

Vater-Kindbeziehung gingen. Ramon erzählte von seinem schrecklichen Schuldgefühl, das er seit Jahren mit sich trug und er sprach über seine Angst, seine Wut, aber auch über seine Liebe zum Vater, der ihm des öfteren erzählt hatte, dass er so etwas selbst erlebt hat. Immer wieder hätte der Vater beteuert, wie sehr er ihn lieben würde und dass sie sich doch nur gut tun würden. Während seine ganze Not und Hilflosigkeit aus ihm herausbrach, beobachtete Maria wie gelähmt die Pfütze seiner Tränen und den Rotz, der sich zwischen seinen Füßen auf dem Boden bildete. Sie war bei seinem Erzählen wie zu Eis erstarrt und in ihr war eine Leere und Traurigkeit, die dumpf in ihrem Kopf klopfte. Alles brach aus Roman heraus: die Trauer über den Tod der Mutter, aber auch die Wut, weil sie ihn nicht beschützt hatte; der Hass, aber auch das Mitgefühl für den Vater, der ihn manchmal weinend um Verzeihung bat. Alles kam heraus, und Marias Mutter ließ es auffangend mit liebevollen, beruhigenden Worten geschehen. Irgendwann kam Ruhe in Ramon. Völlig erschöpft ließ er sich bereitwillig von der Mutter mit einer Tasse warmer Milch mit Honig in das Gästebett stecken. Vorher musste sie ihm allerdings versprechen, seinen Vater nicht bei der Polizei anzuzeigen. Dies versprach sie ihm, wobei sie mit klarer Stimme sagte: »Ich werde deinen Vater anrufen und ihm sagen, dass du bis auf weiteres bei uns bleibst. Außerdem werde ich ihm sagen, dass wir von seinem Übergriffen wissen und dass ich umgehend ein Gespräch mit ihm führen will«.

Maria lag nun endlich, noch völlig benommen von den Ereignissen, in ihrem Bett und wartete auf ihre Mutter, die auch ihr noch ein Tasse mit warmer Milch mit Honig bringen wollte. Als diese in das nur von dem zarten Licht der Nachttischlampe beleuchtete Zimmer trat, schien sie ruhig und gefasst zu sein. Vorher hatte Maria das bestimmende Telefonat ihrer Mutter mit Ramons Vater gehört, das keinerlei Widerspruch von dem Vater erlaubt hatte. Aber trotz ihrer Gefasstheit sah sie leer und traurig aus. Wortlos drückten sich die beiden – es gab einfach nichts mehr zu sagen. Die Hand der Mutter ruhte, so wie es Maria sehr liebte, noch eine ganze Weile still und beruhigend an ihrem Kopf. Einerseits sehnte sich Maria danach, in den Armen der Mutter einzuschlafen, aber sie spürte gleichzeitig, kalt wie ein Abendhauch, die Angst vor diesen unfassbaren Dingen, die im Leben passieren können und sie empfand: es gab im Moment keine Brücke zu irgend etwas, außer zu sich selbst. Als wenn es der Mutter ebenso erging, küsste sie Maria nur noch ganz sanft und verschwand.

Kurz bevor Maria einschlief, sah sie vor ihren inneren Augen das Bild von Jonni aufblitzen. Sein Blick schien die komplette Zerrissenheit, die in ihr war, zu erfassen und zu verstehen. Mit einem Seufzer erkannte sie, dass sie sich doch sehr nach der Wärme und der Liebe ihrer Mutter sehnte. Sie gab sich einen Ruck und schlich in das Schlafzimmer der Mutter. Die Mama lag noch wach, und als wenn sie nur darauf gewartet hätte, ging wie selbstverständlich ihre Hand mit der Bettdecke hoch. Maria schlüpfte zur Mama in die Arme und beide schliefen nun endlich beruhigt ein.

Jonni aus dem Kosmos berichtet...

h weh... das waren Wahrheiten für die kleine Maria, die so häufig keinen Halt vor Kindertüren machen. Ich schaute selbst ganz betrübt aus meinem kleinen Schädelgesicht, als ich die letzten Stunden von Maria vor Augen hatte. Was bin ich froh, dass Maria die Erstarrung abgeschüttelt hatte und nun getröstet in den Armen der Mutter lag. Aber ich weiß ja, dass es Dinge auf der Welt gibt, die kaum zu trösten und noch schwieriger zu verstehen sind. Bei diesen Gedanken schaute ich meine Freunde an und wusste, was zu tun war. Ich schnappte mir Raser, mein Moped, und würde mir erst einmal ordentlich den Wind um den Schädel wehen lassen, um meine Ratlosigkeit zu verlieren. Alle wollten mit. Selbst Loki, mein Adler, war dabei. Während der Fahrt dachte ich an die nächste Reise mit Maria zu dem Planeten Pluto. Die Erlebnisse der letzten Tage gehörten zu seiner Energie. Er ist der sogenannte Gott der Unterwelt. Die Plutoenergie ist überall gefürchtet, denn sie ist radikal. In ihr ist die ganze Erfahrung von „Stirb und Werde", von „Macht und Ohnmacht". Tiefe Bindungen, das Familienerbe mit der DNS-Erfahrung, aber auch die Sexualität gehören in sein Reich. Viel Potenzial, das zu Verwirrungen und schmerzhaften Erfahrungen führen kann, wie es Marias Erleben gerade aufzeigte. Aber auch die geistigen Wurzeln zu einer ungeheuren Kraft, die zu einem reichen und tief erfüllten Leben führen können, wenn man lernt, die Energie, die Pluto schenkt, zu lenken. Selbst mir war etwas bange vor der Begegnung mit Pluto, und ich seufzte anscheinend so laut, dass selbst Loki, der über uns flog, einen zweifelnden Blick zu mir herunterwarf. Oh weh, wie peinlich.

Eine kleine Ewigkeit rasten wir so dahin, und während ich mich immer freier und besser fühlte, bemerkte ich mit einem Mal, wie um uns herum bizarre, leuchtende Farben und Formen auftauchten. Uii, was für ein Glück, staunte ich, denn wir waren in einen galaktischen Nebel geraten. Fasziniert von der schillernden Schönheit, die in ihm herrschte und uns empfing, spürte ich gleichzeitig, wie der Diamantstern meiner Kette anfing Blitze zu schlagen. Und tatsächlich schenkte mir mein Stern, der ein Schlüssel zu den oberen Welten ist, seine schönste Gabe. Zu dem zauberhaften, kosmischen Licht inmitten des Nebels hörte ich nun auch noch das Singen des Universums. Unvergleichliche Klänge, die alles Schwere von mir nahmen und die mich spontan leicht und glücklich machten. Beseelt und dankbar erkannte ich die Lösung. Ja, es gab diese dunklen Wege voller Schmerz und Leid. Aber so tief und aussichtslos wie wir lebenden Wesen auch fallen können, nichts lässt diesen göttlichen Funken der Liebe und des Ewigen vollkommen erlöschen. Denn dieser ist unzerstörbar und schenkt uns Licht in der größten Dunkelheit, sowie die Möglichkeit, schwere Zeiten zu überwinden und trotz alledem das Leben zu lieben. Erleichtert schaute ich meine Freunde an und guckte direkt in die Augen von Robert, dem Skorpion, der die Fahrt anscheinend die ganze Zeit sehr genossen hatte und dabei vergnügt aus meiner Tasche schaute. Rollend verdrehte er die Augen nach dem Motto »Sag' ich doch!« Dabei ließ er lässig seinen Schwanz, mit dem er so gern prickte, durch sein Mäulchen gleiten. Wir mussten alle lachen, denn wir wussten ja, dass Robert als Skorpion zu der Energie von Pluto gehörte und dadurch die Meisterschaft besaß, die Schattenseiten des Lebens humorvoll zu nehmen. Erleichtert und frei lenkte ich Raser nach Hause. Nun war ich bereit, Maria demnächst zum 8. Tor und zu Pluto zu führen.

Am frühen Morgen des folgenden Tages erwachte Maria von einem zärtlichen Kuss der Mutter. Diese war schon angezogen und beruhigend streichelte sie Marias Wange, die noch im Halbschlaf gleich nach Ramon fragte, der im Gästezimmer nebenan lag. »Ramon schläft noch tief und fest. Schlaf' auch noch ein bisschen. Es ist Samstag und ihr habt schulfrei. Unser Tag wird bestimmt noch anstrengend genug. Ich werde erst einmal einen Kaffee kochen. Papa, den ich um Hilfe gebeten hab', wird wohl auch gleich kommen«, sagte sie. Wie ein schwarzes Tuch legten sich die Ereignisse des vergangenen Abends auf Maria, als die Mutter aus dem Zimmer war. Voller Mitempfinden dachte sie an Ramon und das schreckliche Geheimnis mit seinem Vater, das ja nun kein Geheimnis mehr war. Sie schauderte dabei, und eine Gefühlswelle voller Wut und Hass gegen Ramons Vater kam in ihr mit Übelkeit hoch. Erschrocken von diesen tiefen Gefühlen und den bösen Gedanken drehte sie sich im Bett heftig um und zog sich die Decke über den Kopf. Gut, dass der Papa kam, denn das war ein Trost und irgendwann schlief sie erleichtert darüber, sich dem Tag noch nicht stellen zu müssen, wieder ein.

Mit knurrendem Magen wachte sie erneut am späten Vormittag auf. Als sie die Treppe hinunterging, blieb sie auf halber Höhe stehen, denn der Vater von Ramon ging gerade, begleitet von der Mutter, zur Haustür. Während sie von den Erwachsenen unbemerkt blieb, beobachtete sie mit klopfendem Herzen, wie die Mama und Ramons Vater einen Moment still an der Tür standen und sich anschauten. Ramons Vater war ganz grau im Gesicht und sein Blick fiel unruhig hin und her – wie bei einem gehetzten Tier. Maria dachte an die letzte Nacht, als Ramon zwischen Verzweiflung, Wut und Traurigkeit, aber auch immer wieder voller Liebe von seinem Vater gesprochen hatte. Als sie ihn nun so gebrochen neben der Mama stehen sah, empfand sie nicht mehr diese wütende Abscheu gegen ihn, sondern bei ihr schlich sich das Gefühl von Mitleid ein. Ramon hatte ja erzählt, dass seinem Vater in dessen Kindheit etwas ähnliches widerfahren war. Von ihrer Mutter hatte sie auch schon häufiger den Satz gehört: »Opfer werden meistens auch Täter«, aber dieser Spruch war immer unverständlich für sie gewesen. Nun aber bekam er einen Sinn. Aber, wie traurig, Maria fragte sich, wie es geschehen konnte, wenn man selbst so viel Leid erfahren hatte und den Schmerz kannte, es dann jemand anderen anzutun. Bei diesem Gedanken spürte Maria wie eine heftiger Ruck durch sie hindurchging und ihrem kleinen Herzen einen Stich versetzte. Sie erkannte den Bruch, der in einem Menschen stattfinden konnte, um so etwas geschehen zu lassen.

Das Mitempfinden wurde von großer Traurigkeit abgelöst, als sie die gesamte Tragweite ihrer Erkenntnis erfasste. Noch ganz in diesen Gefühlen und Gedanken versunken, hörte sie, wie ihre Mutter zu Ramons Vater sagte: »Es ist gut, dass Sie die Verantwortung für das unfassbare Leiden übernehmen, das sie Ramon angetan haben. Es wird bestimmt nicht einfach, aber wenn Sie selbst Erleichterung spüren, dass diese unglückliche Verkettung beendet wird, besteht Hoffnung auf Heilung für sie beide. Sie werden Hilfe bekommen. Und Ramon kann in der Zwischenzeit so lange er möchte, bei uns bleiben, bis genug Vertrauen für einen Neustart entstanden ist.« Bei diesen Worten legte sie ihre Hand sanft auf seinen Arm und verabschiedete ihn dann.

Maria stürzte nun beherzt die Treppe hinunter und kam zeitgleich mit ihrem Vater, der die ganze Zeit im Türrahmen der Küche gestanden hatte, bei der Mutter an. Der Vater nahm Maria in seine Arme und schaute sie an, als wenn er sie seit Ewigkeiten nicht gesehen und nur auf diesen Moment gewartet hätte, um sie im Arm zu halten. Die Mama wirkte völlig erschöpft. Besorgt hob der Papa zärtlich ihr Kinn. »Keine Sorge. Ich schaff' das.« sagte sie, und lächelte ihn tapfer an. Alle drei hielten sich einen Moment an den Händen und weinten. Aber es war ein Weinen, das reinigend wirkte, und befreite..

Währenddessen kam nun auch Ramon aus der Küche in die Diele. Die Ereignisse und das gemeinsame Gespräch mit Marias Eltern und seinem Vater hatten Spuren hinterlassen. Sein Gesicht war vom vielen Weinen verquollen und seine Miene ganz starr. Nur die Augen guckten kindlich hilflos. Trotz allem wirkte er sehr erleichtert. Allmählich verschwand die Starrheit seiner Miene und wechselte zu seinem vertrauten, schiefen Lächeln, wobei er Maria anstubste und frech meinte: »Na, Schnecke, so schnell kann man zu einem großen Bruder kommen.« Alle lachten, und keiner hatte etwas dagegen, als die Mama meinte: »Nützt ja nichts. Ich mach' uns erst einmal Frühstück.«

Nach dem späten, aber stärkenden Frühstück verabschiedete sich nun der Papa von Maria. Er hatte sich mit einem Kollegen verabredet, ein erfahrener Psychologe. Von ihm wollte er Rat einholen, wie man am besten vorgehen solle, um Hilfe zu bekommen. Ramon, Maria und die Mama fuhren für den Rest des Tages in die nahegelegene Therme. Das war eine Superidee von der Mutter, denn das Schwimmen im warmen Wasser und das glitzernde Nass der Kaskaden, das sich über sie ergoss, reinigte die ganze schwere Stimmung. Alle drei hatten bei der Fahrt nach Hause das Gefühl, dass es ihnen jetzt besser ging. Als Maria abends in ihrem Bett lag, dachte sie zärtlich an ihre Eltern, und das Gefühl, dass alles gut werden würde, wärmte sie nach den Schrecken der letzten Tage. Beim Einschlafen wusste sie, dass Jonni und seine Freunde ganz nah bei ihr waren, und dass wohl bald die nächste Reise anstand.

Sie empfand ein leichtes Kribbeln, weil sie ahnte, dass sie dem Planetenherrscher Pluto demnächst begegnen würde. Und da sie in ihrem Astrologiebuch schon ordentlich studiert hatte, wusste sie, dass hinter dem 8. Tor der Abstieg in die nicht fassbare Tiefe des Lebens stattfand. Zeugung, Sexualität, Geburt und Tod sind hier beheimatet. Also auch das Tor der Veränderung. Maria erkannte, dass die Erlebnisse der letzten Tage genau zu diesem Tor und zu Pluto gehörten. Langsam fiel sie mit einem mulmigen Gefühl in den Schlaf.

 ## Jonni aus dem Kosmos berichtet...

Darauf hatten meine Freunde und ich gewartet. Wie immer, kurz vor Mitternacht begrüßten wir Maria in der Diele bei der schönen, alten Uhr. Die Wiedersehensfreude war groß und etwas belustigt musste ich daran denken, wie viele Menschenkörper friedlich schlafend im Bett lagen, so wie auch im Moment Marias Körper. Ihre Geistkörper reisten allerdings durch die vielen Möglichkeiten des Seins, ohne sich an das Erlebte beim Aufwachen zu erinnern. Marias Reisen waren natürlich etwas Besonderes, da sie unsere Sternenreisen ja als Geschenk bekam und die Erlebnisse mit in ihre menschliche Welt nehmen durfte und sich an alles erinnerte, um daraus zu lernen und zu verstehen. Maria würde durch diese geschenkten Erfahrungen in die Lage versetzt, im Laufe ihres Lebens anderen Lebewesen Hilfe und Unterstützung zu schenken. Denn das ist das Ziel.

Nach unserer herzlichen Begrüßung erklärte ich ihr noch einiges über die Plutoenergie, und ich freute mich, dass sie schon so viel wusste. Da schlug die Uhr auch schon Mitternacht. Wie immer flogen wir durch die alte Uhr und purzelten danach auf die inzwischen so vertraute Wiese. Leicht benommen schauten wir uns an. Maria guckte etwas hilflos zu mir herüber, denn das Licht war ganz anders als sonst. Es war dunkelrot, und fast wabernd hüllte es uns ein. Lisa, meine süße Fischdame, hatte schon vor dem Besuch von Pluto darum gebeten, ganz tief in meiner Tasche in ihrem Glas bleiben zu dürfen. Nun gut, die Atmosphäre wirkte auch nicht gerade freundlich. Alles schien aufgeladen und sehr geheimnisvoll. Beherzt ging ich vorneweg und lächelte Maria beruhigend zu, die etwas zögerlich hinter mir herkam. Mich konnte das Ganze nicht schocken, beruhigte ich mich selber im Stillen. Pluto ist zwar ein kleiner Planet, aber ein großer Herrscher im Universum und letztlich macht er auch nur seine Arbeit als Teil des Ganzen. Das 8. Tor stand schon weit geöffnet und genau aus diesem kam das dunkelrote Licht, von einer vibrierenden Spannung begleitet. Ich konnte verstehen, dass Maria dicht hinter uns blieb und sich an meinem Frackzipfel festhielt. Selbst der freche Robert lugte kaum sichtbar aus meiner Tasche, obwohl er ja zu Plutos Reich gehörte und sonst so eine große Klappe hatte. Nur Loki, der Adler, ein Wappentier von Pluto, saß oben auf der Säule des 8. Tores und schaute uns klar und gelöst entgegen. Wir beide zwinkerten uns verschmitzt zu, denn wir wussten, dass Maria diesmal etwas ganz anderes erleben würde und ich war sehr gespannt, wie Pluto sie belehren würde. Sanft schob ich sie direkt vor den Eingang. Bevor meine Freunde und ich in den Hintergrund gingen, erklärte ich Maria, sie solle dort bitte warten und dass Pluto am Tor erscheinen würde, denn außer Merkur durfte kein Lebender in sein Reich hinein.

Maria zitterte vor Spannung und Angst. Sie wusste genau, dass ihr mit Jonni niemals etwas Schlimmes passieren konnte. Dennoch schaute sie nur zögerlich und am ganzen Körper zitternd durch das Tor in Plutos Reich. Was sie sah, lockte Maria auch nicht wirklich zum Hineingehen. Alles wirkte dunkel, geheimnisvoll und auch gefährlich. Lodernde Feuersäulen, die für das bizarre Licht sorgten, beleuchteten einen düster wirkenden Weg, und zwischen den zuckenden Flammen rechts und links erkannte man, dass dieser auf einen schwarzen Fluss zuführte. Schaudernd dachte Maria, dass dies der sagenumwobene Styx sein müsse: das Wasser des Grauens. Ein wehklagendes Stöhnen wehte von ihm herüber. Maria musste sich schütteln. Sie nahm wahr, dass Schlingel, die kleine Schlange im Hintergrund, eine seltsame, sehnsuchtsvolle Melodie zu säuseln begann, die sie als sehr beruhigend empfand und ihr schlagartig das Zittern nahm. Nun kam ihnen ein großer, dunkler Mann auf dem Weg entgegen. Das war Pluto. Kein Zweifel, von ihm ging eine beängstigende Faszination aus, die Maria tief traf. An seiner Seite ging ein furchterregendes, riesiges, schwarzes hundeähnliches Wesen mit feurig glühenden Augen, die fixierend auf die kleine Gruppe gerichtet waren. Ernst und finster blieb Pluto direkt vor Maria stehen. Nur kurz nickte er zu Jonni rüber, bevor er seine dunkelroten Umhang abstreifte und ihn wortlos um Maria legte, die wie hypnotisiert da stand. Maria, die im Traum genauso aussah wie in ihrem menschlichen Leben, außer dass ihr Körper viel lichter und leichter wirkte, so, als wäre er aus Luft, fühlte, als der Mantel ganz um sie herum lag, kein bisschen Angst mehr.

Pluto blieb mit Maria direkt am Eingang des 8. Tores stehen. Auch das große schwarze hundeähnliche Wesen wirkte jetzt nicht mehr so beängstigend, sondern rollte sich friedlich vor ihnen zusammen. Pluto erklärte Maria, dass seine bindende Energie die Kraft entstehen lässt, an Vorstellungen, geistigen Zielen und Aufgaben zu arbeiten. Aber auch sich aus alten Vorstellungen, Erlebnissen und Leitbildern zu lösen, wenn diese sinnlos geworden sind und man in überholten Lebenssituationen festhängt. *»Du musst wissen, dass meine Energie radikal wirkt, wenn es so ist. Es erfordert Mut und die Bereitschaft, Altes loszulassen und die Geburtsschmerzen für etwas Neues zu erleben.«* Während er Maria das erklärte, zeigte er durch das offene Tor zu dem dunklen Fluss Styx in seiner Landschaft, wo nach wie vor das wehklagende Stöhnen hervorscholl. *»Schau, wenn der Mensch sich nicht von ausgedienten Erlebnissen und Vorstellungen löst, wenn er übernommene Vorstellungen von seiner Familie oder anderen Leitfiguren übernimmt, die nicht zu seinen wahren Empfindungen gehören und auch den Mitmenschen nicht dienlich sind, lebt ein Teil von ihm,*

wie diese armseligen Geister in meinem Fluss. Er lebt nur halb und klagend darüber, dass andere Schuld an seinen Missständen haben, dass die Vergangenheit schlechter oder auch besser war als die Gegenwart und dieser steht er genauso wie der Zukunft angstvoll und ohnmächtig gegenüber. Meine Energie stellt den Menschen durch die Wurzeln seines Seins alles zur Verfügung, was aus vielen gelebten Leben an Erfahrung vorhanden ist, aber meine Lernaufgabe ist schwierig und geht sehr tief, denn man muss lernen, in stetigem Wechsel des Lebens daraus das entstandene eigene Lebensfeuer zu schüren und nicht zu lange mit der Asche zu verweilen.«

Während Pluto so mit Maria sprach, spürte sie eine tiefe Kraft, die aus ihrem innersten Kern zu kommen schien und sie vollständig erfasste. Lauter Lichtwirbel, von ihrem Schoß mit rotem Schein beginnend und zu anderen Farben wechselnd, zuckten kreisförmig an ihrem Körper entlang. Maria dachte: das müssen die Energiekörper oder auch Chakren sein, von denen beim Kinderyoga immer gesprochen wurde, aber die sie sich immer schlecht vorstellen konnte. Ihr Innerstes staunte nur so, denn ein augenblickliches Erfassen von allem Ursprung des Lebens erfüllte sie, wobei ihre Chakren wie ein aufgereihter Perlenstrang vom Schoß ausgehend bis zu ihrem Kopf in schönstem Tanz an ihrem Körper wirbelten. Dafür gab es keine Worte. Nur das Erkennen, dass diese tiefe, elementare Kraft von Pluto zu einem stetigen Wechsel und Wandel anregt, den man annehmen und meistern muss. Maria spürte, dass diese Kraft sehr stärkend wirkte, aber auch so gewaltig war, dass sie ihre Machtlosigkeit wahrnahm und die Gefahr dieser Gewalten ahnte. Wie in Trance erlebte sie, wie Pluto nun näher und näher kam. Maria konnte die Spannung kaum mehr ertragen. Was passierte nun mit ihr? Plutos fixierender Blick fesselte Maria, während sein düsteres Antlitz ihr immer näher kam, um ihr dann aber ganz unverhofft und sanft einen Kuss auf die Stirn zu geben. Dieser löste bei ihr ein Gefühl unendlicher Wonne aus. Pluto hatte ihr also seine ganze reiche, göttliche Kraft gezeigt und ihr innerstes Feuer in Licht verwandelt und nicht seine andere Seite: die der dunklen Zerstörung.

Darüber erleichtert und befreit spürte sie einen unglaublichen Sog, der alles Erlebte auflöste. Maria erwachte wieder in ihrem Bett, als wäre nichts geschehen. Ein leichtes Vibrieren war das Einzige, was sie noch in sich spürte. Ihr Aufwachen war mitten in der Nacht. Bevor sie wieder einschlief, musste sie noch lange über ihre Reise und das Erlebnis mit Pluto sinnieren. Ja. Sich wandeln, sich verändern, andere Sichtweisen bekommen, Handlungen hinterfragen: das waren ganz starke Themen in ihrem augenblicklichem Leben. Aber wie schwer und schmerzhaft diese Veränderungen sein konnten , das erlebte sie ja hautnah. Nun verstand sie ein bisschen von Plutos Reich.

9. Sternenreise

Das Leben ging weiter. Nach einigen Wochen wussten alle, dass sie den richtigen Weg genommen hatten. Gemeinsam mit der Beratungsstelle der Polizei und dem zuständigen Staatsanwalt, dem Psychologen und dem Therapeuten von der Villa Regenbogen, in der Ramon sofort einen Platz für eine langfristige, ambulante Therapie bekam, wurde beschlossen, keine Anzeige gegen Ramons Vater zu erstatten. Ramons inständiges Bitten gab letztendlich den Ausschlag dazu. Sein Vater begriff die Situation und bereute sehr, was er getan hatte und bat ebenfalls um therapeutische Hilfe. Allen Beteiligten war klar, dass Gewalt sowie seelischer und körperlicher Missbrauch ein schlimmes Vergehen war, aber dass in diesem Fall der Justizweg mehr Schaden als Nutzen bringen würde. Sie fühlten, dass Hass, Rache und Strafe, so verständlich der Wunsch in der ersten Empörung auch sein mochte, nicht der Weg war, die Dinge zu ändern. Einzig Aufklärung, Hilfe und Begleitung für die Betroffenen eröffnet neue Wege des Verstehens, der Verarbeitung und der Heilung. Die Villa Regenbogen trug zu Recht ihren Namen. Es war wirklich ein Haus der Hoffnung! Hier hatten sich mehrere Pädagogen und Therapeuten zu einem ganzheitlichen Konzept für psychisch erkrankte Kinder und Jugendliche zusammengetan. Es gab hier natürlich professionelle Gesprächsangebote , aber auch eine Vielzahl von kreativen und alternativen Angeboten. Man konnte musizieren, tanzen, malen, basteln oder sich auch mit Yoga und Tai Chi entspannen. Hier wurden Reiki, Heilhypnose und andere energetische Heilmethoden ganz selbstverständlich angeboten und in Vorträgen erklärt. Die Kinder und Jugendlichen konnten selbst erkunden und entscheiden, womit sie sich wohlfühlen. Auch in der Natur und im großen Garten beschäftigte man sich gerne. Blumen, Obst und Gemüse waren reichlich vorhanden. Außerdem gab es eine Menge an Hühnern und Kleintieren, die versorgt werden mussten.

Die vielen Vierbeiner, die ebenso in der Villa lebten, waren allerdings eindeutig die ‚Elite der Therapeuten'. Ramon hatte ganz dicke Freundschaft mit Lobo geschlossen, einem gutmütigen Hund, dem seine wahre Größe gar nicht bewusst war. Er, seine verspielte Hundefrau Bella und ein charakterstarker äußerst verwegener Rehpinscher namens Ingo, waren hier Chefs. Es gab noch einen ganz lieben und total verfressenen Cocker, der Wim gerufen wurde, mit seiner süßen, frechen Freundin Nixe, die springen konnte wie ein Flummi und es liebte, mit Tannenzäpfchen zu spielen. Nicht zu vergessen, die Chef Chefs, zwei Katzenkinder. Der verschmitzte und herrlich verschmuste Katzkater, sowie Tao, der Radaubruder, dem man aber nicht böse sein konnte, obwohl er zum Leidwesen aller als großer Jäger gelten wollte. Nur die drei zahmen und lustigen Vögel Koko, Charlie und Moses, die in der alten Eiche vor der Villa lebten, verschonte er glücklicherweise mit seinem Jagdfieber. Im Hintergrund wirkten dann noch zwei alte Katzen, die bildschöne Glückskatze Amber, die sehr vornehm war, mit ihrem geselligen Lausbubenfreund, dem Kater Fritz. Man ahnte, dass wohl noch einige Tiere dazu kamen und das war schön, denn die Tiere sorgten trotz der vielen Probleme, die ja alle hatten, für eine fröhliche Grundstimmung. Die Villa Regenbogen lag wunderschön direkt am Fluss des Städtchens mit viel Natur herum. Maria, die jetzt noch häufiger im Ruderclub trainierte, da der Wettkampf direkt vor der Tür stand, besuchte Ramon regelmäßig dort, denn die Villa lag ganz in der Nähe. Im Ruderclub war eine angespannte und aufgeregte Stimmung, denn der Wettkampf mit den Gegnern, die aus England kamen, fand in ein paar Tagen statt. Alle wussten, dass sie Heimvorteil hatten, aber Tom, ihr Trainer, hatte ihnen Wettkampfaufzeichnungen von den Engländern gezeigt und sie mussten zugeben: das waren echte Profis! Am letzten Trainingsabend vor dem Wettkampf, der am Ende der Woche stattfinden sollte, trommelte Tom noch einmal alle im Gemeinschaftsraum zusammen. In diesem war ein Kreis aus Stühlen aufgebaut, und da es inzwischen Anfang Dezember war, hatte er eine wunderschöne, dicke Kerze in der Mitte des Kreises entzündet. Maria und ihre anderen elf Sportsfreunde vom „Schnellen Pfeil" setzten sich ganz gespannt in die Runde und warteten darauf, was Tom nun wohl vorhatte. Tom kam mit einem großen Tablett mit heisser Schokolade und Keksen zu ihnen. Alle griffen begeistert zu und Tom setzte sich dazu. Lange schaute er sein Team ernst aber auch unglaublich liebevoll an. Dann hielt er eine Rede, die alle tief berührte. Er bedankte sich bei ihnen für ihren Einsatz und Mut – für ihre Ausdauer und dass sie, obwohl er ihnen in letzter Zeit so viel abverlangt hatte, alle tapfer weiter gemacht hatten.

Er sprach von seinem Stolz auf ihre Leistungen und ihre Kameradschaft untereinander. Dann kam er auf den Wettkampf, der am Sonntag stattfinden würde, zu sprechen. Tom sagte, und alle wussten, dass er das auch so meinte, »Wir werden siegen!« auch wenn wir nicht die Gewinner sein werden. »Ich weiß, dass ihr beim Kampf alles geben und außerdem großartige Gastgeber sein werdet. Ich wünsche uns einen fairen und spaßbringenden Kampf mit unseren Sportsfreunden aus England.« Dann sagte er noch augenzwinkernd: »Na ja, der Preis für das Gewinnerteam ist groß. Wie wir wissen, ist es eine Reise nach Kanada inklusive einer Wildwasser-Kanutour. Und wisst ihr was?« fragte er nun ernst blickend mit einer kleinen Kunstpause. Alle schauten Tom fragend an. Tom sprang in die Luft und drehte sich dabei einmal um die eigene Achse. Dabei rief er ihnen zu: »Ich würde mich so freuen, mit euch in Kanada den

Boden zu küssen!« Alle jubelten mit und Maria guckte Tom in seine lachenden Augen – voller Respekt und Sympathie. Ja, Tom hatte es geschafft! Die Angst vor Versagen und dem Kampf waren verflogen. Dankbarkeit und Freude hatten stattdessen ihre Herzen erobert. Anschließend holte Tom noch seine Gitarre heraus und sie sangen und feierten noch lange, bis der fröhliche Abend zu Ende ging.

 ## Jonni aus dem Kosmos berichtet…

Die Nacht vor dem Wettkampf! Yep! Heute Nacht führen wir Maria zu Jupiter. Die Hilfe und Begleitung, die Ramon vor allem in der Villa Regenbogen erhielt, aber auch die kurze, flammende Rede von Tom, dem Trainer von Maria mit seiner großzügigen Anschauung der Dinge, passte hervorragend zur feurigen Jupiterenergie. Glaube, Liebe, Hoffnung, das Wissen und die Ausrichtung nach höheren Werten, die innere Freiheit schenken kann, ist dem Wirken dieser Planetengottheit mit zu verdanken. Wieder mal standen meine Freunde und ich in den Startlöchern, um Maria zum 9ten Tor und zu Jupiter zu begleiten. Dass am morgigen Tag der Ruderwettkampf stattfinden würde, war das I-Tüpfelchen für die Begegnung mit Jupiter. Denn er ist ein Freund der hoffnungsvollen und glorreichen Ziele.

Kurz vor Mitternacht! Wir alle standen schon an der Uhr, als Maria erschien. Sie strahlte wie ein Honigkuchenpferd. Ihre Freude, uns wiederzusehen, erwärmte mein Herz, und ich war dankbar für meine Aufgabe, die ich so sehr liebte. Unser gemeinsamer Flug durch die Uhr war fast wie ein Tanz, bis wir alle wieder auf den Sternenplatz purzelten. Diesmal waren die Stimmung und das Licht warm und strahlend. Voller Heiterkeit gingen wir plaudernd auf das weit geöffnete 9te Tor zu. Sobald wir durch das Tor traten, empfing uns eine Weite und Großzügigkeit, die unsere heitere Grundstimmung noch größer werden ließ. Jupiter saß in dieser Weite auf einem thronähnlichen Sessel und winkte uns wohlwollend entgegen. Er hatte ein riesiges Buch auf dem Schoß. In diesem großartigen Himmelsgewölbe bestand ein Großteil der Landschaft aus Gebilden von Büchern und Schriften. Ein spannender Anblick. Es sah fast aus wie eine kosmische Bibliothek. Um Jupiter und seinen Thron ritten Zentauren, also Wesen, halb Pferd, halb Mensch, mit Pfeil und Bogen durch die lichtvolle Landschaft und hatten sichtlich Spaß an ihrem Spiel. Nun stand Jupiter auf und kam uns mit weit geöffneten Armen entgegen. Wieder einmal musste ich zugeben, wie strahlend und schön er wirkte. Da steh' ich Klappergestell ganz schön hinten an! Jupiter hatte meine Gedanken gelesen, denn er klopfte mir aufmunternd und großzügig auf die Schulter. Lisa, in ihrem Glas, verdrehte verzückt ihre Fischaugen, als Jupiter nun bei uns stand. Sie hatte mir einmal gestanden, dass sie Jupiter einfach umwerfend fände. Dieser nahm aber erst einmal beide Hände von Maria in die seinen, die still und staunend neben mir stand. Mit schöner, kraftvoller Stimme sagte er zu ihr: »Maria, wie schön, dass du zu mir gekommen bist. Wie du weißt, bin ich Jupiter. Meine Planetenkraft gehört zu diesem 9ten Tor. Hier bei mir ist das Sternzeichen des Schützen beheimatet und mit meinem Element, dem Feuer, schüre ich gern den Geist aller Lebewesen«. Während er sprach, sprangen kleine Blitze um seinen Kopf herum, die seine Eigenvorstellung noch imposanter machte. Marias Blick wurde bewundernd und machten Lisas verliebten Augen fast Konkurrenz. Jupiter, dem Lisas Verliebtheit natürlich nicht unbekannt war, nahm bei seiner Rede eine Hand von Maria und steckte neckisch den Finger zu Lisa in ihr Glas. Das war zu viel für meine süße, kleine Fischdame. Ein Zucken durchfuhr sie und ihr Geständnis, Jupiter umwerfend zu finden, wurde zur Tatsache.

Entgeistert schauten wir alle nur noch auf ihr Bäuchlein, das sich goldglitzernd nach oben wölbte. Sie war ohnmächtig geworden. Tssss...?! Robert erfasste als erster die Situation und nutzte diese gnadenlos aus. Sich am Glasrand festhaltend, piekte er höhnisch lachend wie wild mit seinem Schwänzchen nach ihr. Das empörte mich. Trotzdem war ich froh über seine schnelle Reaktion und dass Lisa durch das unsanfte Gepricke erwachte – und sich mit hochroten Kiemenbäckchen verlegen umschaute. Gott sei Dank ging Jupiter über diese Peinlichkeiten meiner Truppe hinweg, als wenn er von all dem nichts mitbekam. Er hatte sich Maria wieder ganz zugewandt und führte sie zu seinem Thron. Meine Freunde und mich lud er derweil ein, uns an einer fürstlich gedeckten Tafel zu laben. Beeindruckend aussehende Zentauren gossen uns reichlich Kräuterwein in schön geformte Zinnbecher ein. Den konnte Lisa vor allen Dingen gut gebrauchen. Aber auch uns anderen schmeckte er und ich musste darauf achten, dass nicht die unangenehme Seite von der Jupiterenergie von uns Besitz ergriff, nämlich das „Zuviel". Für Maria aber, die inzwischen zusammen mit Jupiter an seinem Thron stand, begann „ein Abenteuer der besonderen Art". Jupiter ließ sie in das große Buch hineinschauen, in dem er vorher gelesen hatte. Und damit eröffnete er Maria eine Welt, die sie nur so staunen ließ. Wie durch ein buntes Kaleidoskop reiste sie sozusagen durch das Buch. Dadurch bekam sie eine Fülle an Wissen und Erkenntnissen in kürzester Zeit von Jupiter geschenkt, wozu sie normalerweise viele Jahre gebraucht hätte, um all dieses zu erfassen. Jupiter lachte sie heiter und voller Mitempfinden an, als sie zum Ende dieser geistigen Reise auf das letzte Blatt schaute, wo mit goldenen Buchstaben nur noch die drei Worte standen „Glaube, Liebe, Hoffnung". Sanft pustete Jupiter auf diese Worte und die Buchstaben wirbelten hoch und legten sich direkt in Marias Herz. Sie spürte, wie die Bedeutung dieser Worte ihr ganzes Herz ausfüllte, und sie schaute Jupiter für dieses Geschenk voller Dankbarkeit an. Jupiter lachte und mit einem Schlag, der wie ein Blitz durch Maria ging, schlug er das Buch nun zu.

Mit diesem Blitz erwachte Maria wieder Zuhause in ihrem Bett. Es war noch mitten in der Nacht. Noch sanft nachleuchtend spürte sie den Blitz und die geschenkte Botschaft in ihrer Brust. Voller Mut für den morgigen Tag schlief sie wieder ein. Als sie dann am Morgen des Wettkampftages erwachte, war sie wie benommen. Fast in Trance erlebte sie die Stunden, bis der Wettkampf begann. Ihr war so, als wenn sie kurz vorm Startschuss erst wieder richtig bei sich war. Alle saßen schon in ihren Ruderbooten und Maria schaute ihre Kameraden und die wirklich sehr herzlichen Jugendlichen aus dem englischen Gegenteam an. Sie nickte und lächelte ihnen allen zu, denn in ihr war nun nur noch Freude und eine angenehme Spannung. Am Startpunkt, der gleichzeitig das Ziel war, drängten sich die Familienangehörigen und die Freunde der Ruderer. Die Regattastrecke ging 500m flussabwärts. Besonders herausfordernd waren dann jedoch die 500m Sprinterstrecke gegen den Strom zurück zum Ziel.
Entlang des Ufers hatten sich trotz des tristen Wetters mit kühlem Nieselregen viele Zuschauer

eingefunden. Diese wirkten wie ein buntes Band am Fluss entlang. Maria lachte und winkte noch einmal zu Ramon und ihrer Mutter, die ganz in der Nähe standen und wie wild die Daumen drückten. Da kam der Startschuss! Ohne zu denken zog Maria einfach durch. Bis zur Rückstrecke waren fast alle auf gleicher Höhe. Nach und nach fielen die meisten zurück. Es wurde spannend. Kurz vor dem Finale lagen nur noch Maria und ein Junge der englischen Mannschaft an der Spitze der Regatta. Sie vollzogen sozusagen ein „Kopf an Kopf-Rennen". Dass all ihre Kameraden abgekämpft nach hinten gerutscht waren, entmutigte Maria und sie spürte mit einem Mal eine tiefe Erschöpfung. Hinzu kam die klamme Kälte des Dezembers. Immer wieder schauten Maria und der gegnerische Engländer sich verbissen, aber auch bewundernd für diesen ungeheuren Einsatz an. Maria wollte schon aufgeben, als sie mit einem Mal die Kraft der geschenkten Jupiterworte in sich spürte. Mit Mut und allerletztem Einsatz mobilisierte sie ihre ganze verbliebene Kraft. Während sie, wie im Film, ihre ganze letzte Vergangenheit mit all den Schwierigkeiten und Herausforderungen sah, spürte sie einen unbändigen Drang zum Siegen. Sie hatte das Gefühl, falls sie jetzt für ihr Team und sich selbst siegen würde, dass noch ein weiterer Sieg über den Wettkampf hinaus auf sie wartete. Nochmals zog Maria durch und all ihre Erschöpfung war vergessen. Wie ein Pfeil schoss sie voran und ließ den Engländer zurück. Sie heulte wie ein Schlosshund auf, als sich endlich das rote Band des Sieges um ihren Körper und das Boot legten. Maria konnte es gar nicht glauben! Erst als sie von Tom, ihrem Trainer, und den Kameraden immer wieder jubelnd in die Luft geworfen wurde, war ihr endlich klar: sie hatte gesiegt! Und die Tränen der Freude liefen ihr unaufhörlich die Wangen hinunter. Den Rest des Tages wurde Maria ordentlich gefeiert. Der Jubel, und die Freude auch über die gewonnene Kanadareise waren riesig. Das englische Team feierte trotz der Niederlage fröhlich mit. Sie bewiesen wirklich eine sportliche Einstellung.

Leider hielt das glorreiche Empfinden und die Freude am Sieg nicht lange an.

10. Sternenreise

Inzwischen war es kurz vor Weihnachten. Von wegen „O du fröhliche!", denn leider war erneut eine bedrückte Stimmung ins Haus gezogen. Die Mutter hatte den Vater zufällig in der Stadt gesehen, wie er Hand in Hand mit seiner Freundin vor einem Schaufenster stand. Er bemerkte seine Frau nicht, als sie an den beiden vorbeiging, und die Mama erzählte es Maria abends Zuhause auch nur so nebenbei. Mit einem zitternden Lächeln fügte sie noch hinzu: »Schön, wenn er glücklich ist.« Maria wusste, dass sie es auch so meinte, aber trotzdem spürte sie die tiefe Betroffenheit von ihr. Maria merkte, dass die Hoffnung der Mama starb, und das traf sie ebenso schmerzhaft. Sie spürte wieder die alte Verzweiflung über den Verlust von Vertrauen und Sicherheit aufbrechen. Die unerfüllte Sehnsucht nach einem heilen Zuhause machte Maria erneut wütend auf die Unfähigkeit ihrer Eltern und die Untreue des Vaters. Nach diesem Abend grenzte sich Maria etwas mehr ab und sie verbrachte viel Zeit für sich allein. Auch Ramon war nach dem erstmaligen Aufblühen durch die Therapie im Moment sehr schweigsam. Er verweigerte jeden Kontakt mit seinem Vater, und auch er zog sich in seiner freien Zeit häufig in das Gästezimmer zurück. Gott sei Dank ritzte er sich nicht mehr, aber es war allen klar, dass sein Weg noch viele Unsicherheiten mit sich bringen würde. Tante Irmchen, die Haushälterin, die emsig im Haushalt werkelte, war die Einzige, die mit ihrer herzlichen Art für eine bessere Stimmung sorgte. Sie munterte alle immer wieder auf und überredete die Mama, das Haus doch wie immer zur Weihnacht liebevoll zu schmücken, während sie für alle leckere Plätzchen backte. So kam zu Weihnachten und Silvester doch noch eine festliche Stimmung auf. Als die Mama, Ramon und Maria im Garten jeder eine Rakete zur Begrüßung des „neuen Jahres" in den Himmel schossen, hielten sie sich an den Händen und schauten dann ganz still in das herunterrieselnde Sternenlicht, denn in jedem von ihnen war ein großer Wunsch nach Hoffnung, aber auch das leere Gefühl von Stillstand.

Der Januar zeigte sich eisig kalt mit viel Schnee. An einem Nachmittag – Maria war gerade dabei, ihre astrologischen Skizzen und Arbeiten in einen schönen Hefter einzuordnen – klopfte Ramon an ihrer Zimmertür und fragte sie, ob sie Lust hätte, gemeinsam mit ihm und ihrer Mama einen Schneemann zu bauen. Maria war ganz in ihrer Arbeit vertieft und verneinte. Trotzdem ging sie immer mal wieder zum Fenster und beobachtete die Beiden im Garten. Sie hatten sichtlich Spaß und doch, als der Schneemann fertig war, schaute ihr, als Zeuge der Zeit, ein sehr ernstes Schneemanngesicht entgegen. Allein am Fenster ihres Zimmers stehend, schluckte Maria schnell ein paar Tränen weg, weil das Gesicht nicht nur ernst, sondern auch seltsam verloren wirkte. Das machte ihr Angst, und sie hoffte inständig, dass Jonni bald wieder kam, denn sie wusste, er würde ihr Rat und Trost geben.

Jonni aus dem Kosmos berichtet...

Als ich den stillen Hilferuf von Maria bekam, waren meine Freunde und ich schon so gut wie auf dem Weg zu ihr. Ich hielt noch Absprache mit Schlingel, meiner kleinen Schlange, denn ihr Einsatz, ihre Küsse der Veränderung, waren diesmal sehr gefragt. Ich musste während des Gesprächs mit ihr insgeheim belustigt schmunzeln, denn Schlingel hatte sich wieder mal gehäutet. Ich weiß nicht, wer sie beraten hatte, aber sie leuchtete in einem Ganzkörperlila – wow! Daran musste ich mich erst einmal gewöhnen. Aber Schlingel strahlte nur so und freute sich auf ihre Aufgabe des Küssens, auf die sie allerdings noch etwas warten musste. Ich habe mit Maria ein Heimspiel, denn wir reisen durch das 10te Tor zum Planeten Saturn und demnach zu mir nach Hause. Mein Vater, der Planetenchef, ist nicht so beliebt wie zum Beispiel Jupiter, denn er ist nicht wie er der großzügige Wohltäter, sondern das Gegenteil: er ist der Grenzsetzer. Er zeigt sich gern als Eremit oder auch als Tod mit der Sense. Oh, Grusel,...... Grusel! Das ist sein Hinweis auf die Vergänglichkeit der Dinge. Er will mit seiner Energie keine Angst auslösen, obwohl es durch seine Strenge immer wieder so erlebt wird. Nein, Saturn weist auf diese Dinge hin, damit man die Kostbarkeit der Zeit versteht und dass wir erkennen, dass nichts so bleibt, wie es ist. Seine Wirkkraft ist auf Ausdauer und Konzentration ausgerichtet, so dass man für Entwicklungen Geduld entwickelt. Auch Verantwortungspflicht und das Erkennen von Grenzen gehören zu Saturn. Auch damit will er niemanden ärgern, sondern es gehört zu seiner kosmischen Aufgabe, damit sich nicht alles ins Grenz- und Maßlose verliert. Also, ihr merkt schon: mein Vater ist die Spaßbremse im Weltall. Er ist der große Prüfer. Ich finde, dass die Menschen meinen Vater Saturn nicht wirklich verstehen, wenn sie ihn verurteilen. Denn ich weiß: er ist gerecht und weise. Seine Grenzsetzungen sind eine Hilfe, um die kosmischen Gesetze zu verstehen. Denn nur, wenn man diese Gesetze versteht und danach lebt, kann man in die große Seelenfreiheit wachsen sowie wirkliche Erfüllung im Leben finden. Ich weiß: Maria war im Moment dabei, ihren Begrenzungen und unerfüllten Wünschen ins Auge zu sehen, und das tat weh. Aber sie stellte sich dieser Aufgabe und nahm ihren Kummer darüber an. Ich freue mich über diese Entwicklung, denn auch wenn es schmerzt: es befreit Maria von Illusionen und macht sie demütig. Ein Gefühl, das sich gnadenvoll einstellt, wenn unabänderliche Dinge akzeptiert werden und man eigene Grenzen versteht. Wenn Maria nun weiterhin ihren Willen und ihre Tatkraft entwickelt, an Machbarem zu arbeiten, und trotzdem hoffnungsvolles Träumen nicht verliert, dann hat sie ein großen Schritt in ihrer Lebensspirale vollzogen. Wir alle wollen ihr dabei helfen und ich freue mich schon auf die Botschaft, die mein Vater Saturn für sie bereithält.

Pok, Pok, Pok....endlich!!! hörte Maria das leise Klopfen am Fenster von Loki, dem Adler. Sie lag noch wach im Bett und sprang schnell zu dem Gaubenfenster, denn sie wollte schauen, ob er sich ihr zeigte. Oh ja: tief, wie in einem ruhigen See, fiel ihr Blick in seine klaren Adleraugen hinter der Fensterscheibe. Sie bewunderte Loki. Alle bewunderten ihn, denn er war so erhaben, so frei und so stolz. Verschwörerisch blinzelte er sie an und verschwand. Maria legte sich wieder in ihr Bett und ich beobachtete und wartete darauf, dass sie bald einschlief. Als sie uns dann im Traum erneut wiedersah, gab es ein großes „Hallo!!". Ich war ganz schön aufgeregt, denn schließlich führte ich Maria zu mir nach Hause. Noch einmal würden wir durch die alte Uhr reisen, um auf den Sternenplatz zu gelangen. Saturn ist auch der Hüter der Zeit, aber mit ihm lernte Maria, dass die Zeit eigentlich keine Rolle spielt.

Bong, Bong, Bong..... 12 Uhr Mitternacht. Der Flug begann! Beim Durch-die-Zeit fliegen hielt ich Marias Hand ganz fest und grinste sie aufmunternd an, denn ich wusste, Saturn würde keine leichte Lektion für sie bereit halten.

Am Sternenplatz angekommen, öffnete sich pünktlich das 10te Tor. Groß und erhaben stand Saturn in einer dunklen, kargen Weltalllandschaft und hielt seine Laterne in der Hand, die uns leuchtete. Für mich hat mein Zuhause viele Gesichter ; mindestens so viele, wie Monde meinen schönen Ringplaneten umkreisen. Für nicht Eingeweihte erschien unsere Welt karg, grau und dunkel. Und genau durch diese Dunkelheit, die man auch die dunkle Nacht der Seele nennt, wird Marias Weg nun gehen. Mein Vater Saturn und ich nickten uns kurz zu, während Maria auf ihn zuging und wir anderen im Hintergrund zurückblieben. Auch Maria war klar, dass etwas sehr Bedeutsames vor ihr lag und ging etwas bang, aber auch ganz ergeben, auf den großen Saturn zu. Dieser schaute sie ernst, aber auch voller Milde, an. Sanft legte er, wie zum Segen, seine Hand auf Marias Kopf und drehte sich mit seiner Laterne in die Richtung eines kaum erkennbaren Weges um. Wissend und ohne ein weiteres Wort ging Maria mit einem letzten Blick auf das Licht der Laterne an Saturn vorbei in die Dunkelheit. Ihr Herz war voller Angst, aber sie wusste, es gab kein Zurück. Aus dem Hintergrund schaute ich Maria hinterher, wie sie so tapfer diesen dunklen Weg betrat und mein Herz zog sich zusammen vor Mitempfinden. Natürlich war sie nicht allein, aber so würde sie sich auf diesem Weg fühlen, denn es ist eine schmerzhafte Erfahrung durch diese große Einsamkeit der „dunklen Nacht der Seele" zu gehen. Beim Durchschreiten dieses Weges winkte allerdings ein großer Lohn.

Der Lohn des Erkennens des eigenen wahren Selbst.

Wie von einer Schnur gezogen ging Maria nun tiefer in die Dunkelheit hinein. Schemenhaft sah sie um sich herum hohe, dunkle Bäume wie in einem tiefen Wald. Die Stille wurde von Geräuschen abgelöst, die Marias Angst noch nährten. Der Schein der Laterne von Saturn, dessen Licht nicht nur hinter ihr auf den Weg schien, sondern auch vor ihr in die Ferne leuchtete, wurde immer blasser, bis völlige Dunkelheit sie umgab. Marias Schritte wurden immer unsicherer, und als zu den unheimlichen Geräuschen auch noch das Gefühl aufkam, dass etwas nach ihr und ihrem wild klopfenden Herzen griff, stolperte sie und verlor die Besinnung. Als sie wieder zu sich kam, fühlte sie sich wie durchgeprügelt, und sie lag völlig in sich zusammengekauert. Es war total finster und um sie herum herrschte eine unheimliche Stille. Maria fühlte Einsamkeit in sich hochsteigen, die ihr fast den Verstand raubte. Bitterlich fing sie an zu weinen, denn sie hatte das Gefühl in sich, alles, aber auch wirklich alles, woran sie geglaubt hatte, ja sogar, was und wer sie war, verloren zu haben und das Gefühl dieses Nichts war unerträglich. Langsam, ganz langsam, wurde es wieder etwas heller. Maria konnte den Weg vor sich wieder erkennen, und in der Ferne, so erschien es ihr, leuchtete ein warmes Licht. Beherzt stand sie auf und trocknete ihre Tränen. Ein leise singender Vogel tröstete sie, während sie weiterging. Dann kam sie auf einen dunklen Waldsee zu, auf dem ein Schwanenpaar entlangglitt. Aber was für ein grausiger Anblick dazu.

in Skelett, nicht so freundlich und wohlwollend wie sie Jonni kannte. Nein! Ein dunkles, böse aussehendes Skelett hatte die Schwäne an Ketten gelegt und ritt mit je einem Fuß auf dem Rücken der Schwäne stehend dahin. Sein Blick aus den tiefen Höhlen war finster und er lachte grausam, während die Schwäne gedemütigt den Kopf zum Wasser beugten. Als Maria das sah, verflog ihr eigener Kummer sofort. Voller Empörung und mit neu erwachtem Mut lief sie zum Ufer des Sees und rief dem auf den Schwänen reitenden Tod zu: *»Was bist du grausam! Oh, was machst Du nur! Lass die armen Schwäne sofort frei!«* Aber das Skelett schaute Maria nur aus leeren Augenhöhlen an und polterte zurück: *»Was willst du denn? Geh fort! Verschwinde!«* Dabei kam es drohend zum Ufer, und Maria schlug sein modriger, eiskalter Atem entgegen. Sie schauderte, als er mit den Schwänen nun direkt vor ihr war. Sie sah erst jetzt das ganze Elend. Der grausige Tod hatte den Schwänen ihre Herzen herausgerissen! Sie waren nur noch Schatten ihrer selbst. Der Tod hatte schon von ihnen Besitz ergriffen, und ihre tief geneigten Hälse hielten kraftlos die Köpfchen, aus denen Maria schon fast gebrochene Augen entgegenblickten.

Bei diesem Anblick krampfte sich Marias Herz zusammen und ihr war, als würde sie selbst sterben. Mit ihrer verbliebenen Kraft rief sie noch einmal: *»Tod, lass' sie doch bitte frei! Hab' Erbarmen! Bitte, bitte! Lass' sie frei und gib ihnen ihr Herz zurück!«*. Höhnisch lachend antwortete der grausige Tod nur: *»Dummes Mädchen! Verschwinde, sag ich dir! Was schert dich mein Spaß? Die Schwäne waren dumm. Sie haben nicht acht gegeben, und leichtsinnig haben sie ihre Herzen verspielt! Nun hab' ich sie und ich reite sie zu Tode. Sie haben es nicht besser verdient!«* Wieder ließ er dieses höhnische Lachen erschallen und triumphierend hielt er eine schwarze Lanze mit den nur noch schwach klopfenden Herzen der Schwäne hoch, die er darauf gespießt hatte.

s sei denn!?...« verschlagen schauten die leeren Höhlen des Tods direkt in Marias Augen. *Was gibst du mir, wenn ich dein jämmerliches Flehen erhöre?«* Maria stockte der Atem und sie taumelte ein paar Schritte zurück. Eine eiskalte Hand griff erneut nach ihrem Herzen und sie wusste: es gab nur eine Antwort! Entschlossen nickte sie ihm zu, denn was war denn noch zu verlieren! Und hatte sie nicht gerade im Wald noch gedacht, dass ihre Enttäuschung und ihr Kummer so groß waren, dass der Tod eine Erlösung wäre? Ein Blick auf die Schwäne, mit dem sie wahrnahm, dass aus den fast gebrochenen Augen ein Hoffnungsschimmer leuchtete, ließ sie dann klar und ergeben sagen: *»Nimm mich, grausiger Tod! Nimm mein Herz für sie und lass sie frei!«* Ihre Worte waren noch nicht ganz ausgesprochen, als ein tiefes, bleiernes Grollen über den See und über sie alle hinweg zog. Die Erde vibrierte; es gab einen Donner wie beim Urknall. Aus einer tiefschwarzen Wolke bildete sich eine große, goldene Sense, die mit einem dumpfen Zug den Kopf des grausigen Skeletts abschnitt. Im hohen Bogen flog der Schädel durch die Luft und Maria sah fassungslos, wie dieser und der Rest des Skeletts augenblicklich zu Staub zerfielen. Im selben Moment sprangen die Herzen der Schwäne mit einem glockenklaren Klang in ihre Brust zurück und ihre vollkommene Schönheit erblühte wieder zum Leben. In Dankbarkeit verneigten sie sich nun voller Demut vor Maria und diese spürte, wie aller Herzen vor Glück und Freude hüpften. Das warme Licht von Saturns Laterne, das Maria in der Ferne erblickt hatte, war nun überall. Und Maria hatte das Ende ihres Saturnweges erreicht, an dem wir standen und freudig auf sie warteten. Als sie uns erblickte, kam sie mit großen Schritten auf uns zugelaufen und fiel erleichtert und schluchzend in meine Arme. Lachend schwenkte ich sie und konnte selbst unter Freudentränen nur noch sagen: *»Maria! Du bist wunderbar!"«* Mit einem liebevollen Blick – denn so konnte er auch schauen – nahm mein Vater Saturn Marias Hände in die seinen und dann sagte er zu ihr: *»Maria! Nun bist du in meine Welt eingeweiht. Ich bin Saturn, der Hüter der Grenzen. Mein Element ist die Erde und ich regiere das Sternzeichen des „Steinbocks". Wer mich und meine Energie liebt, dem helfe ich, Berge zu versetzen. Aber wer mich scheut, dem setze ich diese Berge vor die Füße. Tapfer und selbstlos bist du durch die Schatten deiner Seele gegangen und hast nie dein Herz dabei verloren! Ich befinde dich und deine Liebe als sehr gut und deshalb schenke ich deinem Herzen das klare Strahlen eines Diamanten. Du bist mir herzlich willkommen!«*

Inzwischen hatten Lisa, Robert und ich den gut bestückten Picknickkorb, den meine Mutter, also Mama Tod – oder auch Mama Saturn – für uns vorbereitet hatte, am jetzt im strahlenden Sonnenschein liegenden Ufer des Sees auf einer Decke ausgebreitet. Lisa, meine süße lila Schlange, genoss nun sichtlich ihre Aufgabe für die verbliebene Zeit auf meinem Planeten. Sie schenkte Maria an die 1, 2, 3, 4, ach was sage ich, an die 1000 Küsse der „Veränderung", und während wir alle gemeinsam unser einfaches, aber so leckeres Picknickmahl genossen, zogen die befreiten Schwäne strahlend schön auf dem See dahin. Ich schaute zu Maria. Sie strahlte vor lauter Glück und ich merkte, wie wohl sie sich in unserer Gesellschaft und bei Saturn fühlte. Und doch! Maria fing meinen Blick auf und als die beiden Schwäne sich nun majestätisch gegen die Sonne in die Lüfte erhoben, wusste sie, dass es Zeit war, Abschied zu nehmen. Noch voller Glück erwachte Maria in ihrem Bett. Mit dem Bild der sich erhebenden Schwäne vor ihren Augen und noch halb im Schlaf , meinte sie das glückliche Lachen ihrer Eltern zu hören , das sie so sehr vermisste.

11. Sternenreise

Mitte Februar kam langsam eine andere Stimmung auf. Das Wetter war kalt, aber häufig sonnig und irgendwie war der erste Hauch Frühling zu spüren. Die Eltern von Maria gingen sich sehr aus dem Weg, aber eine tiefe Verbundenheit war sofort zu spüren, wenn sie zusammenkamen, um sachliche Dinge zu besprechen. Die Mutter nahm Ramon und Maria häufig mit, wenn sie Freunde und Geschäftspartner besuchte, die in ihrer Galerie ausstellten. Das liebten beide, denn die Künstler lebten alle irgendwie sehr ungewöhnlich und originell. Es waren Besuche voller Überraschungen.

Maria wusste, dass ihre Mutter für sie alle eine kreative Ablenkung suchte und war ihr dankbar dafür. Heute war Sonntag. Maria hatte es sich nach dem Frühstück in ihrem Bett mit einer Zeitschrift über Natur und Tierschutz gemütlich gemacht. Zufrieden knipste sie ihre Nachttischlampe an und freute sich über diese neue Lampe mit dem schönen Engel, der das Licht wie eine Fackel hielt. Ihr gesamtes Taschengeld hatte sie für diesen Flohmarktkauf ausgegeben, aber sie war überglücklich mit Ramon und dem neu erworbenen Flohmarktschatz wieder nach Hause gekommen. Ganz vertieft in einem Artikel über eine fast ausgestorbene Vogelart bekam sie zuerst gar nicht mit, dass sich draußen ein Wintergewitter mit Sturm und Hagel gebildet hatte. Erst als es ordentlich grollte und ihre schöne Lampe mit einem lauten Knall ausging, schaute Maria erschrocken hoch. Aber was war denn jetzt los? Maria hielt die Luft an, denn Jonni schwebte auf seinem Moped über ihr und grinste sie an. Maria wusste sofort – diesmal war alles anders – und eine neue Reise begann.

 ## Jonni aus dem Kosmos berichtet...

Hui! Was für ein Spaß! Ich schaute in Marias entgeistertes Gesicht, und dann ging es auch schon los. Maria hatte Saturns Wohlwollen und nun waren ihrer Freiheit kaum noch Grenzen gesetzt. So durfte ihr Geist jetzt ganz bewusst mit mir zum 11ten Tor und zum Planetengott Uranus reisen. Mir gefiel das gut, denn die Reise durch die Uhr war doch recht beschwerlich. Nun freuten meine Freunde und ich uns sehr, unbeschwert wie die Luft, mit Maria auf dem hinteren Sitz meines Mopeds, durch den Kosmos zu düsen. Saturns Gesetze waren in diesen Welten aufgehoben und Maria würde von nun an lernen, frei in ihrem Geist zu reisen, wohin sie auch immer wollte, denn mit ihrem klaren Herzen war sie nun in der kosmischen Freiheit. Die Botschaft von Uranus, dem sogenannten Gott des Himmels, ist die Möglichkeit der geistigen Befreiung aus überholten Lebensbedingungen. Er erlaubt den Lebewesen, die Grenzen im Geist zu sprengen und neue Möglichkeiten zu erleben. Er verkörpert in seinem Element der Luft, sich über vermeintliche Grenzen zu erheben und das geistige Utopia als Inspiration zu erleben. Mit Saturns Gesetzen als Anker und den sprengenden Ideen von Uranus lässt sich viel Neues erreichen. Höchst spannend, was wohl gleich zu erleben war! Maria saß, mich immer noch umschlingend, auf „Raser" und genoss sichtlich die rasante Fahrt durch den Kosmos. Ihr Gesicht war voller Sternenstaub und sie sah aus wie ein Engel – einfach süß!!! Ganz anders mein Robert, der kleine Skorpion. Er lugte wie ein Kamikaze-Flieger aus meiner Tasche hervor und hatte sich ein dunkelblaues Stirnband um sein Köpfchen gebunden. Ich selbst trug ja immer mein rotes Stirnband, aber nur, um in erster Linie meine Ohren zu wärmen. Ich denke, dass Robert allerdings noch verwegener, als er ohnehin schon war, wirken wollte. Lisa, die Fischdame, lugte aus meiner anderen Tasche hervor und alle, selbst Loki, der Adler, der über uns flog, sangen lauthals: *»Flieger grüß' mir die Sonne, grüß' mir die Sterne und grüße den Mond.«* In ihrer Begeisterung übertönten sie selbst Schlingel, der ja eigentlich unser Schlagerstar war. Mann, was für eine Truppe! Wieder einmal empfand ich großes Glück über meine Freunde, und dass wir bei all den Unterschiedlichkeiten unseres Wesens ein so tolles Team waren.

Hussa! Da kam auch schon der Sternenplatz in Sicht. Stolz setzte ich mit „Raser" eine elegante Landung hin. Alles war ganz nach meinem Geschmack! Es war wirklich etwas anderes, als das Gepurzele durch die Uhr und durch die Zeit. Ja, das war typisch! Wir waren pünktlich, aber Uranus hatte das 11te Tor noch nicht geöffnet. Verspätet, oder aber auch zu früh und überraschend zu erscheinen, gehörte auch zur Energie von Uranus. Aber, so konnten wir, während ich seinen mit allen technischen Raffinessen bestückten Türöffner betätigte, sein originelles und fantastisches Tor bewundern. Aber leider doch nur kurz, denn ganz schnell glitt dann schon das Tor wie in einem Raumschiff auf. Ein atemberaubender Anblick zeigte sich: ein luftgebildetes Himmelsgewölbe, das insgesamt wie ein großes Schloss aus der Zukunft wirkte. Maria raunte mir ganz treffend zu: *»Aha , daher der Ausdruck: Luftschlösser«* und guckte verschmitzt in unsere Runde. Dann stand Uranus plötzlich in diesem riesigen Luftgebilde und man sah, wie er konzentriert an einem riesigen, neuen Stern arbeitete. Ich räusperte mich laut, denn schließlich hatten wir ja eine Einladung von ihm bekommen und ich fand sein Benehmen unhöflich. Er schaute etwas verwirrt von seiner Arbeit hoch. Dieser interessante Planetenherrscher wirkt immer etwas zerstreut, kam dann aber mit schnellen Schritten auf uns zu, während er sein elektrisches Werkzeug einfach fallen ließ, das laut summend vor sich hin zuckte und Blitze warf. Uii! Da war aber eine geballte Ladung drin!

Freundlich, aber mit neutralem Blick, als wäre er ganz woanders, hieß er uns nun doch willkommen. Eine ungewöhnliche Verbeugung vor Maria, die sehr lustig wirkte, ließ uns alle entspannt auflachen und dann sagte er zu Maria, die alles mit neugierigen Augen beobachtete: *»Hallo, liebes Menschenkind. Entschuldige, dass ich mich etwas in meiner Arbeit verloren habe. Aber dieser Stern wird nun bald geboren und etliche kosmische Sendungsstrahlen müssen noch die richtige Frequenzeinstellung bekommen, damit das Ganze auch was wird und richtig funktioniert. Ach so,«* unterbrach er sich dann selber, *»entschuldige. Also: ich bin Uranus, der Herrscher über das Sternzeichen Wassermann und mit meinem Element, der Luft, fabriziere ich geniale Dinge. Na ja?«*, nahm er sich dann selbst zurück, *»meistens jedenfalls!«*. Nun nahm Maria belustigt, aber doch mit großem Respekt, seine Hand entgegen, und es dauerte gar nicht lange, da waren die beiden in ein anregendes Gespräch vertieft, als wir gemeinsam auf den noch in Arbeit befindlichen Stern zugingen. Sein Anblick war überragend und von einer erhabenen Schönheit.

Er hatte Augen, die wie ein Heiliger nach oben schauten. Maria erschauderte vor Bewunderung, als sie nun direkt vor dem Stern stand. Uranus erklärte, dass der große, neue Stern, an dem alle Planetengötter ihren Beitrag geleistet hatten, schon lange am Entstehen war. Obwohl meine Freunde und ich die Geschichte des neuen Sterns ja kannten, hörten wir genauso gebannt wie Maria zu. Nachdenklich sagte er: »Unser aller Ursprung, das Höchste, will, dass es mit den Menschen auf der Erde weitergeht. Aber es ist sehr schwierig. Der Mensch hat kein Maß mehr, und er will immer mehr und mehr haben und ist mit dem, was er hat, nicht zufrieden. Auch an Liebe und Mitempfinden fehlt es ihm allerorts. Seine Gier und Hartherzigkeit verursacht unfassbares Leid für ihn selbst, für die Tiere und die Natur. Hilferufe der Erde und unzähliger Lebewesen haben uns mit ihrer Energie geholfen, diesen neuen Stern der Erkenntnis und der allumfassenden Liebe entstehen zu lassen, um die Erde nun bald zu erhellen«. Maria standen Tränen in den Augen, als er so sprach, und ich sah, wie tief er ihr Herz mit dieser Wahrheit getroffen hatte. »Na ja«, meinte er sogleich aufmunternd zu Maria, »nichts ist verloren und es werden immer wieder neue Wege zur Erkenntnis, Erneuerung und Verbesserung gefunden. Die allumfassende Liebe, die unendlich ist, wird auch noch entdeckt und dieser Stern wird dabei helfen. Hab' keine Sorge! Ich bin zwar der Meinung, alles ist relativ, aber unser Planetenbruder Neptun, den du ja bald bei deiner nächsten und letzten Reise mit Jonni kennenlernen wirst, sagt immer ‚Alles ist gut', und was soll ich sagen?« Nachdenklich kratzte sich Uranus am Kopf. »Ich denke, dass er Recht hat.« Etwas verwirrt über die Rede von Uranus schaute Maria zu mir und dem Stern. Dann aber klatschte Uranus plötzlich in die Hände und eine vorher nicht sichtbare Bar tat sich auf.

Potz Blitz! Uranus mochte Maria. Das war unverkennbar, denn er hatte noch die Geduld, uns seine berühmte Luftgeisterbrause zu servieren. Erfrischend köstlich rann uns diese den Hals hinunter und Maria wurde ganz rot, als er dabei witzelte: »Das fühlt sich in der Kehle an, als wenn die Engel Pippi machen.« Lachend, bereichert und inspiriert, stießen wir mit ihm auf den neuen Stern an und hofften, dass sein Licht die Herzen der Menschen erreichen und öffnen würde. Maria strahlte selbst wie ein

Stern, als wir uns herzlich dankend von Uranus verabschiedeten, um sie nun wieder mal nach Hause zu bringen.

Maria erwachte und stellte fest, dass das Gewitter vorüber war. Noch etwas benommen ging sie zum Flur, um aus dem kleinen Schrank, der dort stand, eine neue Glühbirne zu holen, da die alte mit lautem Knall bei Jonnis Erscheinen durchgebrannt war. Dabei dachte sie an die beflügelnde Reise, die sie gerade erlebt hatte. Dieser Uranus und der neue Stern: unglaublich, aber toll! Von unten aus der Küche kam ein schallendes Lachen der Mutter. Diese telefonierte mit einer Freundin und Maria hörte anhand von Wortfetzen, dass es wohl um eine kleine Reiseplanung ging. Wieder kam das herzerfrischende Lachen hochgeweht. Wie schön!!! Maria liebte dieses Lachen, das so frei klang und so ansteckend wirkte. Ihr fiel auf, dass es nun doch immer wieder öfter im Haus zu hören war. Die Mutter hatte anscheinend für sich einen Neuanfang begonnen und schien die alten Geschehnisse langsam abzustreifen. Ähnlich empfand es Maria für sich auch. Sie tauschte die Glühbirne aus und kuschelte sich noch einmal in ihr Bett. Kater Klaus fand das gut, denn sofort kam er aus der Fenstergaube gesprungen und rollte sich an ihrer Seite ein. Maria genoss ihre innere Zufriedenheit und vertiefte sich wieder in die spannende Naturzeitschrift.

Die kommenden Wochen empfand Maria ruhig und irgendwie besinnlich. Die Mama war vorwiegend zu Hause. Sie arbeitete an einem neuen Kunstkatalog. Nebenbei verwöhnte sie Maria und Ramon nach der Schule mit ihren Lieblingsgerichten, und sie machten gemeinsam lange Spaziergänge am Fluss entlang oder auch in den nahe gelegenen Wald. Eine ruhige und schöne Harmonie war zwischen ihnen und sie hatten tiefe und liebevolle Gespräche. So entdeckte jeder für sich und doch auch gemeinsam, dass Altes und Belastendes der vergangenen Zeit sich immer mehr verabschiedete . Ramon hatte für sich entschieden, demnächst in eine Wohngruppe Jugendlicher zu ziehen. Diese lebten in einem hübschen Haus, das zu dem Therapiezentrum von der Villa Regenbogen gehörte. Es stand auf dem parkähnlichen, wunderschönen Grundstück. Die Wohngruppe bestand aus drei weiteren Jungen, mit denen er sich sehr gut verstand. Sie hatten ähnlich belastende Erfahrungen gemacht und so konnten sie sich gegenseitig unterstützen. Maria und ihre Mutter würden Ramon sehr vermissen, aber bis zu seinem Weggehen würde noch einige Zeit vergehen. Außerdem waren Maria und ihre Mutter selbst oft in der Villa Regenbogen, um Vorträge und Gesprächskreise zu besuchen und die Mama hatte vor, demnächst auch einen Kurs im Bereich der Kunsttherapie anzubieten. Viel Neues bereitete sich vor, und wenn Maria auch nicht wusste, wie es mit ihren Eltern weiterging, hatte sie inzwischen ein tiefes Gefühl des Vertrauens in sich und das Leben gefunden. Die Mama war ebenso auf einem neuen Weg der Lebensfreude. Sie hatte letztens zu Maria gesagt, dass auch sie den Papa nach wie vor sehr vermisse. Aber im Moment sei es wichtig, dass jeder von ihnen erst einmal wieder ganz zu sich selbst findet. Lachend gab sie Maria einen Nasenstupser, als diese bei diesen Worten die Augen verdrehte und meinte dann: »*Mein Kind! Glaub' mir: Unsicherheit, Angst und auch Ratlosigkeit gehören auch immer wieder zu uns Erwachsenen. Das Leben ist ein Geschenk, womit wir nicht wirklich immer dankbar umgehen können, denn es ist wie eine Wundertüte, die uns nicht immer nur schöne Dinge schenkt, sondern auch Dinge für uns bereit hält, auf die man gern verzichten würde. Zum Thema ,Papa und mir' glaube ich ganz fest daran. Wenn sich etwas verliert, was wirklich zusammen gehört, dann wird es auch wieder zusammen finden .*« Maria schaute die Mama nun zärtlich an, und mit einem dicken Kuss besiegelten sie diese Worte.

12. Sternenreise

 Jonni aus dem Kosmos berichtet...

Heidewitzka, jetzt wird's richtig bunt! Unsere letzte Reise steht an. Es ist die Reise zu dem Planeten Neptun und hier endet unsere Sternenreise für Maria. Diese Reise ist insofern etwas ganz besonderes, da sich nun mit Neptun, der das Sternzeichen der Fische beherrscht, den Sternenjahreskreis im 12. Tor abschließt. Mit Mars in seinem Zeichen des Widders öffnet sich zum Frühlingsbeginn erneut das 1. Tor. Der ewige Kreislauf des Lebens! Unser Abschied von Maria wird ordentlich gefeiert. Alle Planetengötter, die Maria schon kennengelernt hatte, saßen mit meinen Freunden und mir schon im großen Kosmosbus, um Maria für die Fahrt zu Neptun abzuholen. Mit diesem Bus, der knallebunt wie ein Regenbogen ist und so schnell, dass einem Hören und Sehen vergeht, düsten wir von Planet zu Planet, um alle für die große Feier bei Neptun einzusammeln. Kein Geringerer als Jesus war unser Busfahrer und sein kosmisches Fahrvermögen war genauso unglaublich groß wie seine Liebe und sein Humor. Wir lachten und scherzten, wie es wohl nur die Götter können, und eh ich mich versah, waren wir schon im Direktanflug zur Erde. Wieder einmal musste ich die Schönheit dieses Planeten bewundern, und eine leichte Traurigkeit mischte sich in meine Ausgelassenheit. Das war nun die letzte Reise mit Maria und obwohl ich wusste, dass für sie und die Menschen, die sie liebte, alles ein gutes Ende nehmen würde, spürte ich, dass ich sie und unsere Reisen vermissen würde. Robert prickte mich unsanft bei diesen Wehmutsgedanken und ich musste lachen – ach ja: es gab ja wieder neue Aufgaben und neue Abenteuer für uns; also warum traurig sein?

Es ist einfach schön, den Moment zu genießen und mit diesen Gedanken schaute ich in das helle Licht, das Jesus umgab. Dass er mit uns war und unseren Bus chauffierte, hatte natürlich einen besonderen Grund. Nicht nur, dass wir die letzte gemeinsame Reise zu feiern hatten, sondern auch die Geburt des großen, neuen Sterns. Lange hatten wir alle gemeinsam an diesem Stern mitgestaltet und heute begann sein Wirken. Jesus persönlich war der Schirmherr und würde ihn in seine Bahn bringen. Was für ein Ereignis und Glück! Die Schau des Absoluten! Und Maria durfte alles miterleben. Pluto unterbrach mich in meinen Gedanken, als er schon recht lustig die zweite Äthergoldwasserflasche öffnete und erneut unsere Gläser füllte. Wir hatten zwar reichlich Fässer davon als Gastgeschenk für Neptun eingepackt, aber ich befürchtete, dass wir alle einen Schwips hatten, wenn Maria zu uns einstieg. Aber egal: selbst mein „alter Herr" Saturn, der im regen Gespräch mit Jupiter war, ließ sich gern nachschenken und ich hörte ihn sagen: *»Man muss die Feste feiern wie sie fallen«*, worauf Jupiter prostend antwortete: *»Ja genau! Aber feste!«*.

Maria stand am Busbahnhof und winkte ihrer Mutter nach, die sie gerade verabschiedet hatte. Diese und eine Freundin reisten für ein paar Tage nach Paris. Maria freute sich sehr für die Mama, die den ganzen Morgen vor der Abreise schon ausgelassen und fröhlich wirkte. Sie ahnte, dass der Grund dazu wohl nicht nur die kleine Reise war, sondern ein kurzer Besuch von Papa am Abend vorher, bei dem er seiner Frau mit unverkennbar verliebtem Blick eine große Pralinenschachtel als Reiseproviant überreichte.

Maria wollte sich gerade auf den Heimweg machen, denn der Reisebus mit ihrer winkenden Mutter war längst verschwunden, als ein blauer Blitz direkt vor ihr aufleuchtete. Sie traute kaum ihren Augen, aber vor ihr in der Luft hatte sich plötzlich unser bunter Bus gebildet, aus dem ich ihr fröhlich zuwinkte. Die Menschen um sie herum schienen von all diesem nichts zu bemerken und als ich ihr zu verstehen gab, sie solle zusteigen, stieg sie ohne zu zögern, aber völlig unbemerkt von ihrer Umgebung, in den vor ihr schwebenden Bus ein. Maria kam nicht dazu, sich darüber Gedanken zu machen, denn kaum war sie zu uns in den Bus gestiegen, gab es zu allererst ein großes Hallo und bevor die anderen Planetengötter sie begrüßten, lag sie erst einmal in meinen Armen. Ich schaute ihr voller Wiedersehensfreude in ihr strahlendes Gesicht und Maria begriff, dass nun eine weitere, aber leider auch die letzte gemeinsame Reise zum 12. Tor und damit zu Neptun führte. Dieser Planet der universellen Liebe, dessen Energie alles Weltliche auflöst, um auf die Verbindung mit dem Ewigen hinzuweisen. Fröhlich begrüßten nun auch die anderen Planetengöttinnen und Planetengötter Maria. Venus und ich nahmen ihre Hand und stellten ihr Jesus, unseren außergewöhnlichen Busfahrer vor. Mich wunderte, dass Maria überhaupt noch über etwas erstaunen konnte, aber als sie in das strahlende Gesicht von Jesus blickte, bekam sie doch so etwas wie Stielaugen. Ihr erstauntes Gesicht wirkte auf mich „zuckersüß". So wurde sie in unserem Kreis empfangen, und weil wir so guter Stimmung waren, stimmten wir noch ein kosmisches Liedchen zu ihrer Begrüßung an. Schnell wie der Blitz ging es darauf zum bekannten Sternenplatz. Maria war hin und weg von Jesus, als er ihr erklärte, dass er nie der gekreuzigte und damit hängende Gott sein wollte. »Weißt du«, meinte er, »viele Menschen waren und sind „Dösköppe". Das Bild vom hängenden Gott ist so alt, wie die Menschheit selbst. Immer wieder nagelt sich das von Gott getrennte Bewußtsein selbst ans Kreuz. Meine Botschaft aber ist und war die Botschaft der Liebe und des Herzens und dass es nie eine Trennung vom Höchsten gab. Nicht nur ich bin Gottes Sohn, sondern wir sind alle Kinder des Höchsten und ewiglich.«

Potz Blitz! Was für große Worte! Mit einer bravourösen Bremsung des Busses beendete Jesus seine kleine Rede für Maria. Nun standen wir direkt vor dem lichtvollen und weit geöffneten 12. Tor. Und da stand auch schon groß, weise und erhaben, Neptun mit seinem berühmten Dreizack in seiner lichtvollen Hand. Auch hier gab es erst einmal ein großes Hallo zwischen den Planetenherrschern. Dann aber ging die schöne Liebesgöttin Venus, erneut Marias Hand haltend, direkt zu Neptun und gab diesem einen Kuss. Er ist sozusagen ihr Onkel, denn beide vertreten das Prinzip der Liebe. Venus, die sinnliche Liebe und Neptun, etwas abgeklärter, die allumfassende Liebe. Trotzdem genoss er sichtlich die zarten Lippen von Venus, bevor er sich ganz zu Maria wandte und sie nun ebenfalls begrüßte. Seine Worte waren klar und beeindruckend. *»Willkommen, geliebtes Menschenkind! Neptun, der Hüter des 12ten Tores, aber auch der unsichtbaren Tore, begrüßt dich herzlich. Zu meiner Welt gehört das Sternzeichen der „Fische" und mein Element ist das Wasser.«* Dabei hob er seinen Dreizack und schlug mit diesem gewaltig auf den Boden. Die lichtvolle, aber auch nebulöse Landschaft, die im Hintergrund immer wieder auftauchte, bebte dabei.

Dann aber, als Maria direkt im Tor stand, öffnete sich der Himmel und wie ein Vorhang der zurückgezogen wurde, verflüchtigte sich der Nebel und ließ eine Welt vollendeter Schönheit erscheinen. Alles erschien wie unter Wasser, auf dem ein goldenes Licht tanzt. Bizarr leuchtende Pflanzen gab es hier und zauberhaft wirkende Wesen. Meine Freunde, die Planetengötter und ich standen im Hintergrund, denn wir wussten: jetzt kam für Maria unser gemeinsames, mächtiges Geschenk zum Abschluß aller Sternenreisen. Selbst wir erschauderten, als dann hinter dem Schleier des Nebels die heilige „Schau des Absoluten" Maria erfasste. Es war ähnlich wie bei Pluto, aber doch ganz anders! Denn hier spürte sie nichts Körperliches mehr. Maria sah und empfand nur noch Licht. Sie wusste zwar noch, wer sie war, und doch löste sich alles in unendlicher Glückseligkeit auf, als dieses Licht ihr ganzes Wesen erhellte.

Der Schleier war gefallen.

Und die Illusion der Trennung, des Todes und der Endlichkeit des Lebens wurde ihr offenbar. Nichts und niemand würde je wieder ihren Geist aus dieser inneren Halle der Erleuchtung vertreiben können, denn es war das Ewige selbst, was sie berührte, und sie wusste nun, wovon Jesus eben gesprochen hatte. Ein heiliger Moment....!

Unsere gemeinsame Berührtheit löste sich allerdings recht schnell durch das Gepoltere von Mars auf, der die reichlich im Bus verstauten Äthergoldwasserfässer ausräumte. Neptun beäugte die Aktivität von Mars mit wohlwollendem Blick. Nun muss ich noch etwas zu Neptuns Energie ergänzen, denn er wird wohl kaum selbst von seinen Schattenseiten erzählen; Neptuns Energie kann so auflösen und dem Weltlichen abgewandt sein, dass diese Energie dann ebenso zu Süchten (Herkunft dieses Wortes = Suche) und Rauschzuständen führen kann. Lügen, Gifte und nicht fassbare Dinge gehören zu seiner chaotischen, dunklen Seite. Naja, aber damit haben wir es ja im Moment nicht zu tun. Wir wollen heute feiern und das mit gutem Grund! Die „Geburt des neuen Sterns" und Marias ereignis- und lehrreiche Sternenreise, die hier nun mit der „Schau des Absoluten" beendet wurde.

Und so geschah es! Im 12. Tor, in der zauberhaften Welt von Neptun, feierten wir noch, nachdem seine Monde schon längst aufgegangen waren und der „neue Stern" der Liebe und Hoffnung von Jesus auf seine Himmelsbahn gebracht wurde. Wir hatten ihn gemeinsam mit tosendem Applaus und unendlich vielen Sternschnuppen, die wir dabei abgeschossen hatten, unterstützt. Ich schaute in unsere feiernde Runde mit der reich gedeckten Tafel, an der wir liebevoll von traumschönen Nixen und kleinen, süßen Seepferdchen bewirtet wurden. Dabei fiel mein Blick auf Maria, die sehr glücklich zwischen uns saß und mit uns die Stimmung des Lebens, der Liebe und des Lachens genoss. Trotz alledem standen ihr einige Fragen im Gesicht, als sie meinen Blick erwiderte: „Wo und wie werde ich nach dieser Reise erwachen?" „Werde ich wieder auf dem Busbahnhof stehen, wo unsere letzte Reise zu Neptun begann?" „Oder eventuell in meinem kuscheligen Bett?" „Oder wer weiß, wo?"

Liebevoll zwinkerte ich ihr zu und ihr Lachen zeigte mir, dass sie die letzte große Lektion verstanden hatte. Denn was sie auch immer im Leben als Mensch und in ihrer Welt noch zu erleben hatte, sie war nun wirklich erwacht und sie wusste von ganzem Herzen:

„Das Leben ist schön !!!"

Astrologie - Herkunft und Bedeutung

Das Wort Astrologie stammt aus dem Griechischen und bedeutet Sternenlehre bzw. Sterndeutungskunst. Die Menschheit beschäftigt sich schon seit Jahrtausenden mit der Beobachtung der Sterne und den Zusammenhängen, die sich damit auf der Welt zeigen. Schon 4 Jahrtausende vor Christus stand diese Deutungskunst in voller Blüte. Bei den Sumerern in Mesopotamien (heutiger Irak) wurden in dieser Zeit von Priestern und Architekten Pyramiden nach planetarischen Prinzipien entworfen, die von unzähligen Arbeitern dann gebaut wurden.

Die Astrologie mit dem antiken Wissen der energetischen Vernetzung aller Dinge wurde von der Astronomie (Lehre von den Sternen) als deutungsfreie und mathematische Erfassungs- Hilfswissenschaft über diese Zeiten begleitet. Im Zuge der Aufklärung und dem rein rationalen Weltbild, die im Jahre 1700 begann, wurde in Europa die Astrologie, die zu den 7 Lebenskünsten zählte, von den Universitäten verbannt. 1817 wird auch in Deutschland der letzte Lehrstuhl geschlossen. Die Astrologie versinkt in den Bereich des Aberglaubens und der Ordinärwahrsagung. Neue Wissenschaften wie die Quantenphysik (Max Planck erhält den Nobelpreis dafür (1918/19)!), die sich ebenso wie die Astrologie mit Wirklichkeiten hinter Phänomenen beschäftigt, hebt das alte Erbe dieser Weisheitslehre wieder in das Bewusstsein der heutigen Zeit.

1. Sternentor

Astrologisch gesehen

* das 1. Haus

Planetenherrscher

* Mars ♂

Sternzeichen

* Widder ♈
* Zeit: vom 21. März - 20. April

Element Feuer =

* das feurige Prinzip von Kampf, Durchsetzung, Optimismus

Kurzbotschaft deines inneren Mars für dich und das Sternzeichen Widder:

* mit Mut und Energie die Dinge angehen

Körperliche Entsprechung:

* der Kopf (Blut, Muskeln)

Symbole / Ausdrucksformen:

* Feuer, Eisen, Messer, Kampfsport

Edelsteine, die diese Energie unterstützen:

* Rubin, Hämatit, Karneol, roter Jaspis

Archetyp:

* „der Held, der Kämpfer"

2. Sternentor

Astrologisch gesehen

★ das 2. Haus

Planetenherrscherin:

★ Venus/Morgenstern ♀

Stier

Sternzeichen:

★ Stier ♉

★ Zeit: vom 21. April - 21. Mai

Element Erde =

★ das erdige Prinzip von Beständigkeit, Gemeinschaft, Besitz sowie praktischem und realistischem Denken

Kurzbotschaft deiner inneren Venus für dich und das Sternzeichen Stier:

★ mit Beständigkeit und Sinnlichkeit, Gemeinschaft und Besitz erarbeiten und genießen

Körperliche Entsprechung:

★ die Nieren (Mund, Hals, Venen)

Symbole/Ausdrucksformen:

★ Gemeinschaft, Genuss, Besitz, Muschel, Kupfer

Edelsteine, die diese Energie unterstützen:

★ Rosenquarz, Koralle, Smaragd, Honigcalcit

Archetyp:

★ "die sinnlich Liebende"

3. Sternentor

Astrologisch gesehen:

- ★ das 3. Haus

Planetenherrscher:

- ★ Merkur/Morgenstern

Sternzeichen:

- ★ Zwilling
- ★ Zeit: vom 22. Mai - 21. Juni

Element Luft =

- ★ das luftige Prinzip vom logischen Denken, von Kommunikation und Austausch

Kurzbotschaft deines inneren Merkur für dich und das Sternzeichen Zwilling:

- ★ mit Neugierde geistige und praktische Gaben miteinander verbinden

Körperliche Entsprechung:

- ★ Atemorgane (Schultern, Arme, Nervensystem)

Symbole / Ausdrucksformen:

- ★ Luft, Töne, Post, Quecksilber

Edelsteine, die diese Energie unterstützen:

- ★ Topas, Moosachat, Tigerauge, Rutilquarz

Archetyp:

- ★ "der Händler"

4. Sternentor

Astrologisch gesehen:

★ das 4. Haus

Planetenherrscher:

★ Mond ☽

Sternzeichen:

★ Krebs ♋

★ Zeit: vom 22. Juni - 22. Juli

Krebs

Element Wasser =

★ das wässrige Prinzip der Gefühle wie Mitgefühl, Fantasie, Einfühlungsvermögen

Kurzbotschaft deines inneren Mondes für dich und das Sternzeichen Krebs:

★ getragen von intuitiver Gewissheit das innere Fühlen leben

Körperliche Entsprechung:

★ der Magen (Wasserhaushalt, Lymphen, Brust)

Symbole/Ausdrucksformen:

★ Mutter, Kind, Haus, Nacht, Ei, Silber

Edelsteine, die diese Energie unterstützen:

★ Perle, Opal, Mondstein

Archetyp:

★ „die Mutter"

5. Sternentor

Astrologisch gesehen:

* ★ das 5. Haus

Planetenherrscher:

* ★ Sonne ⊙

Sternzeichen:

* ★ Löwe ♌
* ★ Zeit: vom 23. Juli - 22. August

Element Feuer =

* ★ das feurige Prinzip von Lebenskraft, Wille, Kreativität, Gestaltungskraft

Kurzbotschaft deiner inneren Sonne für dich und das Sternzeichen Löwe:

* ★ mit Selbstausdruck und Zuversicht zur Selbsterkenntnis und Selbstverwirklichung streben

Körperliche Entsprechung:

* ★ das Herz (Blutkreislauf)

Symbole / Ausdrucksformen:

* ★ Vater, Tag, Gold, Sonnenblume, Sinnlichkeit, Kreativität

Edelsteine, die diese Energie unterstützen:

* ★ Diamant, Citrin, Sonnenstein

Archetyp:

* ★ „der Vater"

Löwe

6. Sternentor

Astrologisch gesehen:

★ das 6. Haus

Jungfrau

Planetenherrscher:

★ Merkur/Abendstern ☿

Sternzeichen:

★ Jungfrau ♍

★ Zeit: vom 23. August - 22. September

Element Erde =

★ das erdige Prinzip von Erkenntnis, Organisation und Einteilung

Kurzbotschaft deines inneren Merkur für dich und das Sternzeichen Jungfrau:

★ mit Vernunft und Logik ökonomisch und praktisch die Dinge verknüpfen und vermitteln

Körperliche Entsprechung:

★ der Darm (Verdauungstrakt (Stoffwechsel))

Symbole / Ausdrucksformen:

★ Ernte, Vorräte, Ernährung, Gesundheitsthemen, Dienen, Datenverarbeitung

Edelsteine, die diese Energie unterstützen:

★ Bernstein, Citrin, Achat

Archetyp:

★ „der Lehrer"

7. Sternentor

Astrologisch gesehen:

★ das 7. Haus

Planetenherrscherin:

★ Venus/Abendstern ♀

Sternzeichen:

★ Waage ♎

★ Zeit: vom 23. September - 23. Oktober

Element Luft =

★ das luftige Prinzip von Ästhetik, Gemeinschaft, Kunst, Sammlung

Kurzbotschaft deiner inneren Venus für dich und das Sternzeichen Waage:

★ fair und diplomatisch die Gegensätze in Harmonie bringen

Körperliche Entsprechung:

★ die Nieren (Blase, Haut)

Symbole/Ausdrucksformen:

★ Kunst, Kosmetik, Werbung, Taube, Schmetterling, Waage

Edelsteine, die diese Energie unterstützen:

★ Peridot, Nephrit, Smaragd

Archetyp:

★ „die geistig Liebende"

Waage

8. Sternentor

Astrologisch gesehen:

★ das 8. Haus

Skorpion

Planetenherrscher:

★ Pluto ♀

Sternzeichen:

★ Skorpion ♏

★ Zeit: vom 24. Oktober - 22. November

Element Wasser =

★ das wässrige Prinzip von Intensität, Macht, Wandel

Kurzbotschaft deines inneren Pluto für dich und das Sternzeichen Skorpion:

★ mit Leidenschaft und Regenerationskraft durch Krisen gehen und sich geistig erneuern

Körperliche Entsprechung:

★ die Geschlechtsorgane (Genitalbereich)

Symbole/Ausdrucksformen:

★ Teufel, Kompost, Spinne, Psychoanalyse, Ahnenforschung

Edelsteine, die diese Energie unterstützen:

★ Granat, Rubin, Sardonyx

Archetyp:

★ „der Magier"

9. Sternentor

Astrologisch gesehen:

Schütze

★ das 9. Haus

Planetenherrscher:

★ Jupiter ♃

Sternzeichen:

★ Schütze ♐

★ Zeit: vom 23. November - 21. Dezember

Element Feuer =

★ das feurige Prinzip von Ausdehnung, Glaube, Erkenntnis und Glück

Kurzbotschaft deines inneren Jupiter für dich und das Sternzeichen Schütze:

★ das Handeln zielgerichtet, idealistisch auf Weisheit und höhere Erkenntnis ausrichten

Körperliche Entsprechung:

★ die Leber (Hüfte, Oberschenkel)

Symbole / Ausdrucksformen:

★ Hohepriester, Würdenträger, Blitz, Donner, Eiche, Walnuss, Zinn

Edelsteine, die diese Energie unterstützen:

★ Lapislazuli, Sodalith, Amethyst

Archetyp:

★ „der Priester"

10. Sternentor

Astrologisch gesehen:

★ das 10. Haus

Planetenherrscher:

★ Saturn ♄

Sternzeichen:

★ Steinbock ♑

★ Zeit:vom 22. Dezember - 20. Januar

Steinbock

Element Erde =

★ das erdige Prinzip von Struktur, Erfahrung, Gesetze und Grenzen

Kurzbotschaft deines inneren Saturn für dich und das Sternzeichen Steinbock:

★ Erkenntnis der Realität und Lebenserfahrung, um an Hindernissen zu wachsen und diese zu überwinden

Körperliche Entsprechung:

★ Knochengerüst (Zähne, Knie, Milz)

Symbole/Ausdrucksformen:

★ Richter, Vater, Friedhof, Sense, Skelett, Kristall, Blei, Steinbock, Rabe

Edelsteine, die diese Energie unterstützen:

★ Bergkristall, Onyx, Brillant, grüner Turmalin (Verdelith)

Archetyp:

★ „der alte Weise, Eremit"

11. Sternentor

Astrologisch gesehen:

★ das 11. Haus

Planetenherrscher:

★ Uranus ♅

Sternzeichen:

★ Wassermann ♒

★ Zeit: vom 21. Januar - 19. Februar

Wassermann

Element Luft =

★ das luftige Prinzip von plötzlicher Veränderung, Entwicklung, Unabhängigkeit und Freiheit

Kurzbotschaft deines inneren Uranus für dich und das Sternzeichen Wassermann:

★ Freiheit im Denken, Handeln und Fühlen entwickeln , um zu lernen , neue Wege zu gehen

Körperliche Entsprechung:

★ Hypophyse (Nervensystem, Unterschenkel)

Symbole/Ausdrucksformen:

★ Weltraum, Flugzeug, Explosion, Aluminium, Elektrizität, Revolution

Edelsteine, die diese Energie unterstützen:

★ Aquamarin, Türkis, Chrysokoll

Archetyp:

★ „der Narr, der Erfinder"

12. Sternentor

Astrologisch gesehen:

★ das 12. Haus

Fische

Planetenherrscher:

★ Neptun ♆

Sternzeichen:

★ Fische ♓

★ Zeit: vom 19. Februar - 20. März

Element Wasser =

★ das wässrige Prinzip von Empfänglichkeit und Sensibilität ; Hingabe ins Allwissen

Kurzbotschaft deines inneren Neptun für dich und das Sternzeichen Fische:

★ mit Hingabe (z.B. durch Meditation) in unbewußte, spirituelle Seelenschichten tauchen, um die Fesseln vom Ego und der Materie zu lösen

Körperliche Entsprechung:

★ Zirbeldrüse (Füße)

Symbole/Ausdrucksformen:

★ Fische, Märchen, Wunder, Kelch, Gifte, Platin, Homöophatie

Edelsteine, die diese Energie unterstützen :

★ Jade, Fluorit, Kunzit, (Perle)

Archetyp:

★ „der Mystiker"

NACHWORT FÜR ERWACHSENE

Spielend lernen, liebevoll begleitet im Kindsein ....somit eine unbeschwerte Kindheit, die jedem Kind zu wünschen ist.

Aber nicht selten bedeutet Kindsein auch, allein unverstanden der Macht von Erwachsenen und Stärkeren ausgesetzt zu sein. Und es gibt leider auch nicht wenig Kindertüren, vor denen viel Leid, Übergriffe und sogar Gewalt keinen Halt machen.

Eine traurige Wahrheit, die auch von uns Erwachsenen ungern gesehen wird und aus Scham, Unverständnis und eigener Hilflosigkeit oft verheimlicht wird. Ein Dilemma, welches das Leiden der Betroffenen nur vermehrt.

Dieses Buch ist entstanden, um darüber eine Brücke zu bauen.

Es ist mir wichtig, liebevoll aber offen und aufzeigend familiäre sowie gesellschaftliche Probleme, eben auch für Kinder, anzusprechen um das immer wiederkehrende Tabu zu brechen und somit als Sprachrohr für die Betroffenen zu dienen.

Ein großer Dank von mir geht an die alte Weisheitslehre der Astrologie. Sie war mir ein wertvolles Werkzeug bei meiner Aufgabe.

Ich hoffe, dass ich in der von mir gewählten, fast märchenhaften Form, mit der ich Grundzüge ihrer Aussagen vermittelt habe, Interesse wecke für den tiefen kollektiven Inhalt, den sie zu bieten hat...
und der beim Lesen des Buches klar vermittelt, dass bei den verarbeiteten, schwierigen menschlichen Themen Schuldzuweisungen sehr fraglich sind, da dies für alle Beteiligten keine Hilfe bietet und die Täter-Opfer-Spirale nur endlos fortsetzt .